연애 대장

연애 대장

사랑은 아날로그다

/ 손종관 지음

쉼

연애 대장이다

1만 명의 개인, 부부들의 눈물로 만들었다.
여러분은 그렇게 되지 않기를 소망한다.
비슷한 글이 있을것이다.
내 글의 핵심 주제는 몇 가지다. 그것은 그 핵심을
다르게 전달하기 위함이고 여러분의 마음에 새겨
넣기 위함이다.

힘들 때마다 읽어라. 분명 큰 도움이 될 것이다.

목차

1

연애

마음가짐

갈등과 집착

이별과 상처

사랑한다는 말에 큰 의미를 두지 마라. 사랑은 오직 행동이다.

연애

|

마음가짐

너희들아 명심해라

연애에 큰 의미를 두지 마라.
결혼 전에는 한 20명과 신명나게 연애하고 결혼하는 거야.
20명 중에 16명은 너에게 안 좋은 기억을, 2명은 좋은 기억을 그리고 사랑한 사람 2명.
그런 거야. 다 정상적이고 좋은 사람이 아니란다.
그러니 제발 연애하고 이별하고 좌절하고 상처받고 거기에 큰 의미를 두지 말고 그냥 헤어진다 생각하고 만나라. 너희들은 연애를 너무 힘들게 해. 차면 차는 거고 차이면 차이는 거야.
죽지 않는다.

•

정신이 건강하지 못한 사람은 이 글을 오해할 소지가 크다.
연애를 잘 못하면 상처만 누적되고 결혼도 실패하고 부부생활, 자녀 양육 그리고 인생의 낙오자가 될 수 있다. 연애를 잘 하려면 연애를 통해 즐기고 배운다는 생각으로 하거라. 그래야 연애를 불안하지 않고 담대하게 할 수 있다.
불안은 즉시 상대에게 노출되어 관계를 깨어 버린다. 또한 상대와 거리감이 자신을 더욱 불안하게 만든다.

경험에 비춰보면

연애의 깊이는
1_나의 인격과
2_나의 인내와
3_내가 부모에게 받은 사랑의 양에 결정된다.

불행히도 세 번째가 없으면 완전한 연애는 어렵다.
왜냐면 보고 듣고 느낀 것이 없기에 줄 수 없다.

•

연애의 초반은 끌리는 매력으로 시작한다. 그러나 그 이후는 자신의 인격과 인내에 달려있다. 이 두 가지만 있어도 연애는 큰 문제가 없다.
부모에게 받은 사랑의 양이 많다면 금상첨화겠지만 그렇지 않은 사람은 받지 못한 그 분노의 에너지를 내가 행복하고 아름다운 연애 그리고 가정을 만들겠다는 의지로 그 에너지를 사용해라. 과거가 너를 규정하지 못하게 해라. 과거는 미래를 위한 나침반일 뿐이다.

한 달에 책 한 권도 읽지 않는 사람과 연애, 결혼을 상상하지 마라

무식은 너를 더욱 미성숙하게 만들 것이고 그것은 자녀에게 그대로 유전된다. 책을 읽지 않는다는 것은 사고가 단순한 사람임을 말해주고 너와 어떤 갈등이 주어졌을 때 1차원적 즉 동물적 감정으로 해결할 것임을 말해준다.
분명히 말했다.

•

자신을 되돌아보고 나아가야 할 방향을 제시하는 책을 읽어라. 나의 건조한 감정을 타오르게 하는 고전과 자신의 마음을 꿰뚫어 보는 책이 좋다. 좋은 책을 찾았다면 천천히 곱씹으면서 읽어라. 나쁜 책은 즉흥적으로 자기감정을 휘갈겨 사람의 마음을 선동하고 또한 단순한 생각으로 자기주장만을 하는 책이다. 그런 책은 영혼을 파괴시켜 버린다.

현명한 여자는 남자에게 사랑은 원하지만

의존하지 않는다.
의존하지 않기에 남자는 더욱 승부욕이 생겨 잘해주고 사랑을 준다. 여자 또한 사랑을 준다. 그러나 여자는 여전히 의존하지 않는다. 현명한 여자는 연애하면 항상 사랑을 잘 챙겨 먹는다. 맛있고 건강하게. 이런 여자와 만난 남자는 헤어져도 여자를 기억한다. 그러나 여자는 기억하지 않는다. 현명한 여자는 의존하지 않는다. 이 진리를 깨닫는 자는 복이 있다.

•

애정결핍이 있는 사람은 상대가 자기에게 의존하면 불안함이 느껴지지 않기에 좋아할 수 있다. 그리고 연애 아주 초반에 남자는 그런 여자를 원할 수도 있다. 왜냐하면 쉽게 넘어와 주기 때문이다. 그러나 남자의 손아귀에 딱 넘어온 순간 남자는 자신도 모르게 긴장의 끈을 놓아버린다.
남자는 자기 여자라고 느끼면 과거의 자신으로 돌아가고 싶은(헤어지고 싶은 게 아니라, 자신의 자유를 즐기던 그때의 모습으로 회귀하고 싶은) 마음을 본능적으로 가진다.

지금 없는 여유가

나중에 있을 거라 생각하지 마라. 지금 있는 사람이 나중에도 있을 거라 생각하지 마라.
그 사람은 기다리지 않는다.

•

여유는 주어지는 것이 아니다. 만드는 것이다. 이 고비만 넘기면 나중에는 시간이 생긴다고 말한다. 그러나 그 고비 뒤에는 더 큰 과업이 주어질 것이다. 능력은 아무리 바쁜 상황에서도 시간을 만드는 것이다.

완전한 사랑의 조건

플라토닉(여자가 하는 사랑)

- 남자가 주는 관심을 감정적 정신의 사랑으로 받아들임

에로스(남자가 하는 사랑)

- 좋아하는 여자에게 주는 육체적 열정의 사랑

아가페(남여가 하는 사랑)

- 여자는 헌신으로, 남자는 무한 책임으로 하는 사랑

연애 시 아가페는 상당히 어렵다. 그래서 진짜 사랑을 경험하지 못하고 헤어진다.

●

사랑의 시작은 플라토닉, 에로스로 해라. 그러나 그 끝은 아가페로 가야 한다. 그 과정이 고되고 아프다. 그래서 귀한 것이다. 모든 커플이 이 단계로 갈 수 없다. 그러나 가야만 한다.
진리이기에.

남자는 여자에게

이런저런 최선을 다하면 여자가 행복해할 것이라고 생각한다. 그러나 여자는 확신이 들지 않는다면 남자가 무엇을 해도 행복을 느끼지 못한다.

•

남자는 여자를 모른다.
이별 후에도 어쩌면 죽기 직전까지 모를 수 있다. 알아야 한다. 연애, 가정을 지키려면 가장 중요한 것은 남자와 여자가 무엇이 다른지를 분명히 알아야 한다. 그 노력은 세상에서 가장 귀한 것 중에 하나이다.
알면 이해가 되고 이해가 되면 대화를 할 수 있고 또한 용서를 할 수 있다. 여자에게 확신을 주려면 지속적이고 진정어린 한결같음이 필요하다. 거기에 집중하거라. 몇 번의 이벤트로 당시에는 행복을 느낄 수 있다. 그러나 그게 전부이다. 지속적으로 한결같이 해야 한다. 남자에게 이것이 얼마나 귀찮고 어려운 것인지 나는 잘 안다. 그래도 이것뿐이다.

이 사람을 만나면

내가 변화될 것 같은 사람이 가장 좋은 사람이고 내 본성을 그대로 보여도 될 사람이라면 너의 바닥만 드러나고 아무런 발전도 없다.

●

나의 밑바닥을 보여줄 수 있는 사람을 만난다는 것이 틀렸다는 것은 아니다.

여기서 내가 말하고 싶은 것은 내 현재 위치에서 그 어떤 변화의 의지를 가지지 않은 채 그 사람과 연애 또는 결혼을 할 경우 늘 같은 모습에 질려버리든지 지쳐버릴 수 있다는 것이다. 현재 그 모습에 반하여 연애, 결혼할 수 있다.

그러나 그건 지금 모습이다.

연애진리

연애 시 여자가 '갑'이 되어야 한다. 만약 남자가 '갑'이 되는 순간 연애는 끝이라고 생각해라. 그 이유는 남자는 사랑을 주면서 열정을 쏟아내야 하고 (그래야 남자는 여자를 만나려고 하기에) 여자는 사랑을 받아야 남자의 기분을 (남자의 기분이 지속적으로 상하면 열정은 죽어버리기에) 좋게 해줄 이유가 생기기 때문이다.

•

내 말이 많은 사람들에게는 상당히 기분이 나쁘게 들릴 수 있다. 그렇다고 해도 곰곰이 자신 또는 친구의 연애사를 회상해서 내 글을 보려고 하거라. 틀린 말도 있겠지만 대부분은 옳은 소리다. 여자가 '갑'이 되지 않고 '을'이 되어버리면 사냥꾼인 남자는 더 이상 뛰어다녀야 할 이유를 가지지 못한다. 이 외에 다른 할 말이 없다. 그냥 그게 남자다.

연애할 때 건강한 마음가짐

첫째_얼마간 좋은 추억을 함께 한다는 마음으로 오늘 최선을 다하자.
둘째_밤에 연락을 기다리지 않는다.
셋째_데이트가 없는 날에는 자기 인생을 산다.
넷째_기대하지 않는다.
다섯째_상대의 연락이 줄면 2주간 연락을 먼저 안 한다. 그리고 그 사이 연락이 없다면 내려놓는다.

•

사랑의 적은 집착이다. 집착의 근원은 자기 불안함이다.
이것이 '상대'로부터 왔다면 끝내면 된다. 그러나 그것이 '나'로부터 온 것이라면 뜯어 고쳐야 한다. 불안함은 연애를 망치는 가장 빠른 지름길이다. 그것은 상대에게 직·간접적으로 표현된다. 그렇기에 상대도 서서히 멀어진다. 연애 시 자기 삶을 살지 못하고 올인하는 사람이 많다. 건강한 연애는 자기 삶과 연애의 조화이다. 연애 초반 연락을 기다리는 것 때문에 고통을 당하는 사람이라면 핸드폰을 회사나 차에 두고 집에 가거라. 아침에 출근하면 좋은 소식이 왔을 것이다.

아무리 미친 듯이 바빠도

널 챙겨주는 사람을 만나라.
네가 힘들 때 항상 옆에 있을 사람이다.

●

많이 바쁠 때에도 챙겨주는 사람이 과연 존재할까.
그래. 극소수 존재한다. 여기서 존재한다는 것은 썸 및 연애 초반에 있는 사람을 두고 하는 말이 아니다. 그때는 개나 소나 다 그렇게 한다. (만약 이때 이렇게 못한다면 만날 필요가 없겠지...) 그러나 정말 바쁠 때, 상대에게 신경을 쓴다는 것은 사랑이기보다는 그 사람의 인격과 성품이다. 그렇기에 긴 연애, 결혼을 하려면 이런 사람을 찾아야 한다.
물론 그전에 네가 그런 사람이 되어야겠지.

연락을 매일 하고

일주일에 2번 이상 만날 에너지와 시간이 없다면
그대여!! 연애를 집어치워라.
아주 더러운 버릇이다.

•

시간이 있을 때 만나려고 하는 너에게 묻는다. 그 짓을 누구에게 배웠냐. 그 악한 생각을 누가 심어 주었냐. 왜 과거 애인에게 심하게 당해서 이제 연애할 때 노력 안 하기로 결심한 거냐. 생각을 고쳐먹어라. 그 생각으로 연애를 하겠다면 너는 반드시 실패하게 된다. 연애라는 것은 시간을 내고 없는 에너지를 만들어서 상대에게 집중하는 것이다.

"보고 싶어" 와

"지금 집 앞이야, 나와" 는 다르다.
사랑은 주둥이가 아니라 철저한 행동이다. 노력, 희생 없이 유지할 수 있을 거라 생각하느냐.

•

입으로 하는 사랑은 금세 상대에게 들킨다. 고백, 데이트, 연락. 이 모든 것은 철저한 행동에서 비롯되어야 한다. 왜냐하면 우리는 행동에서 진정성을 느끼기 때문이다.
습관을 고쳐먹어라.

여자는 남자를 많이 이해하는 데 집중하고

남자는 여자에게 많은 사랑을 주려고만 해라.
여자는 남자에게 부족한 감정을 다량 보유하고 있다.
남자가 여자에게 기대하는 만큼, 충족할 만큼 감정 표현을 할 것이라는 기대를 빨리 버려야 한다.
남자를 사랑하려고 하기보다 이해하려는 쪽에 집중하거라. 그것이 더 생산적이다.

•

남자는 여자를 이해할 수 없다. 왜냐면 자신이 느끼지 못하는 수 만개 감정을 여자는 가지고 있기 때문이다. 그런 감정은 느낄 수 있어야 표현할 수 있는데 남자는 느끼지 못한다. 그렇기에 여자를 이해하려고 하지 말고 그냥 사랑해줘라.
'사랑해줘'는 단순하다. 자주 만나고 자주 연락하고 이것이다.
이렇게 하면 여자는 버틸 수 있다. 이것이 남자가 줄 수 있는 유일하면서 가장 쉬운 애정표현이다.

연애는 옆에 없으면

미칠 것 같은 사람과 시작해서 옆에 없어도 믿음이 갈 때 결혼하는 거야. 알겠지.

•

미칠 것 같은 감정의 상태, 그 사람을 생각하면 기분 좋은 상태 이것을 느끼려고 연애를 한다. 이 마약 같은 상태를 경험했기에 이별의 고통을 알지만 우리는 또 하게 된다.
그러나 결혼은 다르다. 결혼은 책임감이 들 때 지켜주고 싶을 때 하는 것이다. 이때는 감정의 파도는 없지만 잔잔한 편안함이 있다. 우리는 이때 결혼을 해야 한다. 1년을 만나라. 파도가 칠 때와 잠잠할 때를 서로가 경험해야 한다.

우리에게 이상형은 어떻게 만들어지는가

남자, 여자 공통

1_**부모에게서** (남자라면 엄마, 여자라면 아빠)
2_선생님, 과거 애인, 누나/오빠
3_포르노 속의 사람, 연예인, 운동선수
4_**그림자** (살면서 부모, 주변 사람에게서 내가 받은 상처/충격)
의 영향을 받아서 그와 다른 사람

우리는 이런 과정을 통해서 이성에 대한 상을 만든다.
이성과의 첫 만남에서 상대의 가면(생존을 위해, 자기 그림자/약점/열등감을 숨기기 위해 선택한 모습)이 자신의 상(이상형)과 일치할 때 우리는 첫눈에 반해버린다.
그러나 그 보이는 상은 사실 자신의 그림자, 상처, 열등감을 숨기기 위한 가면이다. 연애가 시작되고 결혼 생활이 시작되면 이제 가면을 벗고 진짜 자기 모습을 보인다. 이때 우리는 놀라서 충격을 받는다. 그리고 헤어짐을 선택한다. 미성숙한 사람은 자신의 이상형을 만난 즉시 미친 듯이 달려든다.

왜냐하면 자아가 약하든지 그것을 조절할 생각이 없기 때문이다. 성숙한 사람은 평상시에 자신을 자주 들여다본다. 인간은 누구나 그림자, 이상형의 상이 있다. 성숙한 사람은 그것에 휘둘리지 않고 제어한다. 그렇기에 상대의 가면, 이면의 실체를 직면해도 놀라지 않는다. 우리가 많이 성숙해지면 상대도 자신처럼 자신의 가면, 그림자, 이상형의 상이 무엇인지 그리고 그것들이 왜 생겼는지 깨닫게 도와준다. 그러면서 두 사람은 하나가 되어 간다. 항상 일기를 쓰면서 자신의 그림자와 그것이 자신의 삶에 어떤 영향을 미치는지 그리고 자신의 가면과 어떤 관계가 있는지 들여다봐야 한다.

•

그것이 성숙한 사람이 될 수 있는 유일한 길이다. 그래야 조금 미성숙한 사람도 도와줄 수 있다. 이 상이 인생을 좌우할 수도 있다.

남자는 사랑하지 않는 사람에게

시간과 돈을 투자하지 않는다. 여자는 사랑하지 않는 사람에게 간섭과 감정을 투자하지 않는다.

•

남자는 여자를 사랑할 때 이런저런 애정표현보다 시간과 돈으로 표현한다. 그것이 없는 남자의 행동은 널 좋아하지 않는다는 명백한 증거이다. 여자는 관심 없는 남자에게 에너지가 담긴 말을 하지 않는다. 그들이 하는 말은 소리만 있는 말이다.

연애는 서로가 가진 '인격'에 의해

오래 유지될 수 있다. 여기서 인격이란

1_서로의 차이를 100% 인정하는 것
2_진지한 사랑 표현을 가끔 해주는 것
3_갈등이 주어지면 2일 이내에 해결하려고 노력하는 것
4_상대를 내 뜻대로 절대 하지 않는 것

이것이 가능한 사람과 결혼을 하는 것이 최고의 '복'이다. 그러나 너희들이 이 4가지를 할 수 있냐. 연애를 잘해서 좋은 사람 만나고 싶다면 위 4가지를 할 수 있는 사람이 되어라.

•

인간에게는 '자유 의지'라는 것이 있다.
우리의 과거가 현재, 미래를 결정지을 수 없다. 현재와 미래는 너희가 선택하는 것이다. 주변에 인격적인 사람이 많이 없을 것이다. 네가 그런 사람이 되려는 의지를 가지고 그 길을 선택하면 된다. 그러고 나서 그렇게 계속 살아라. 그러다 보면 그 모습이 너의 모습이 될 것이고 그 결과로 주변에 좋은 사람이 붙을 것이다.

싸우는 와중에도

사랑이 느껴지는 그 사람을 죽어도 놓치지 마라. 네 짝이다.

●

많이 사랑하면 극한 상황에서도 절제의 힘이 나타난다. 그런 사람이라면 어떤 상황에서라도 너를 지켜 줄 사람이다. 너희는 싸우는 상황에서도 사랑이 느껴지게 하는 사람이 되어라.

너무 많은 여자들이 속아서 알려준다

남자가 꿈에 그리던 이상형을 만났다면 죽어도 초반에 스킨십을 하려 달려들지 못한다.
여자가 만만해보여서 '그렇게 해도 되겠지.' 또는 '안 되면 그만이지' 하는 생각이기에 초반에 달려든다. 근데 몇몇 여자들은 이것을 구별하지 못한다.

•

명심하거라. 남자는 이 사람이다 싶으면 심장이 쿵쾅쿵쾅 뛰고 만나고 있는 이 시간 자체가 너무 소중하고 감사해서 그 외 다른 생각은 하지 못한다.

그 사람과 만나고 나서

혼자 또는 친구와 잘 노는 사람. 이들은 애인을 안 만나는 시간을 자기에게 집중한다. 이렇게 하면 상대는 더 미친다.

●

항상 연애에 올인을 하는 사람은 상대로 하여금 질리게 만든다.

연애 때 한 번도 화를 내지 않고

항상 다정한 사람이 정상으로 보이니? 감정을 억누르는 사람은 한번 터지면 너희가 감당 못할 것이다. 이런 사람과 결혼해서 피보는 사람이 많다. 틈틈이 감정을 분출하는 사람이 건강한 사람이다.

•

인간은 이성과 감정으로 모든 것을 판단하고 선택하고 결정한다. 이것의 조화가 깨지든지 고장이 나면 반드시 문제가 생긴다. 생각과 표현을 할 때는 이성과 감정을 적절히 사용해야 건강한 사람이다.

완벽한 남자의 조건

여자의 잔소리를 문자로 이해하지 않고 '더 사랑해' 달라는 의미라는 것을 아는 남자.

•

여자는 네가 싫어서 그러는 것이 아니다. 자기를 더 봐달라는 것이다. 이것을 아는 남자는 극히 드물다. 그것은 아빠가 엄마에게 대하는 태도를 통해 이미 학습이 되었기 때문이다.
그러나 고칠 수 있다. 지금 알았으니 이제부터 실행하면 된다. 인간은 동물에게 없는 '의지'라는 것이 있다. 의지를 가지고 여자의 속으로 들어가라.

회사는 돈을 버는 곳이며

내가 하고 싶은 일을 찾기 위해 잠시 머무는 곳이다. 거기에서 연애든 인간관계든 무언가 해 보려는 미련한 생각을 버려라.

•

사내 연애는 둘 중 한 명 또는 둘 다 회사를 그만 둘 각오로 해야 한다. 사내 연애는 결혼까지 갈 확률이 매우 낮다. 서로 헤어지면 매일 회사에서 봐야 하고 이별 후 상대가 다른 동료와 연애를 하는 것을 알게 되면 그 또한 괴로워진다. 사내 연애는 미련한 행동이다. 밖에서 찾거라. 왜 스스로 자기 무덤을 파냐.

껍데기는 백 일 만나면 질려버릴 수 있고

말을 잘 들어주고 매너가 있다면 1년은 그냥 만난다. 그러나 이 또한 질려버릴 수 있다.

자신의 삶을 살면서 연애하는 사람, 나날이 내적인 변화와 성장이 있는 사람에게는 결코 질리지 않는다. 이런 사람은 손아귀에 확 잡히지 않기에 만만하게 대하지 못한다. 생각/말/행동에 변화가 있기에 질리지 않고 존경심이 생긴다.

만날수록 배울 게 있는 사람
나날이 조금씩 변화하는 사람은 질리지 않는다.

여자에게 전함

연애 초반 잠자리를 가졌다. 그러나, 남자를 향한 너의 마음은 연애 중에 50%, 남자가 1년간 한결 같다면 70%, 결혼하면 100% 줘라. 결혼 전에 마음을 다주면 너희들 크게 다친다. 사람을 사랑하되 믿지는 말아라. 지금 모습은 한동안이다.

•
모든 것을 다 주면 떠난다.

여자를 한방에 보내는 방법

여자가 감기에 걸렸든지 좀 아프다고 전화가 왔다. 즉시 전화를 끊고 그녀 집 앞에 가라. 그리고 집 앞에서 안아줘라. 이렇게 말해라. "아프지 마라." 사랑은 말로 하는 게 아니다. 행동이다. 그것도 즉각적인 행동!

•

사랑은 의지적 행동으로 증명된다.

아래를 확인하고 마음을 다 주어라

첫째_큰 갈등 상황에서 어떻게 반응하는지
둘째_주변의 친구들이 정상적인지
셋째_부모와의 관계가 정상적인지
넷째_만남과 연락이 물 흐르듯이 6개월 지속되는지 확인하라.

4가지가 충족되면 마음을 모두 주어라.

•

어떤 글에서는 절대 마음을 다 주지 말라고 내가 표현했다.
그러나 이런 조건에 성립하는 사람이라면 모두 주어도 큰 문제가 없다.

자신의 인격을 능가하는 연인을 만날 수 없다

설사 만났다면 100일을 넘기지 못하고 상대는 떠난다. 왜냐하면 대화가 통하지 않기 때문이다.

네가 인격이 좋은 사람을 만날 수 있는 방법은 오직 하나다. 너의 인격을 높여라. 여기서 인격이란 남을 헤아려주는 마음이다. 부모, 학교에서는 이 능력을 키워주지 못한다.

네가 현실에서 억지로 헤아려줘라. 그리고 서서히 그 강도를 높여라. 강도가 올라갈수록 너의 피가 역류할 것이다. 견뎌라. 시간이 흘러 너도 모르게 인격적인 사람이 되어 있을 것이고 네가 만나는 사람의 클래스가 다를 것이다.

●

피가 끓는 청춘에게는 이 말이 와 닿지 않을 것이다.

몇 번 당해봐야 이 말이 마음에 담길 것이다.

여자에게

남자가 너희 외모 때문에 만나는 것 같다. 보통 남자는 그렇게 다가온다.
명심해라. 너 자체(너의 과거, 미래, 행복)에 대해 궁금해 하지 않고, 자꾸 듣기 좋은 말 또는 심하게 매너 있게만 한다면 너에 대한 관심이 아니라 너의 몸에 대한 호기심이다.
너의 몸을 가지면 즉시 떠난다.

●

쉽게 넘어가는 여자가 많다. 연애의 경험이 늘어날수록 여자는 남자보다 더 노력하고 똑똑해야 한다.

연애중 자신의 가족사, 고민

모두 상대가 들어주고, 채워주기를 바라는 사람이 있다.

그래. 너는 힘들어서 그런 거겠지. 그러나 상대는 너와 재미있는 시간을 즐겁게 보내려고 연애를 하는 것이다. 개인의 문제는 혼자 해결하려고 노력하거라. 상대는 너의 가족이 아니다. 남이다. 너의 고뇌를 해결해줄 의무가 없다. 너의 그 행위는 이별을 재촉할 뿐이다.

•

이 말은 정도껏 하라는 말이다. 상처가 많은 사람은 상대에게 모든 것을 말하고 싶어 하고 또한 상대에게 무언가 큰 기대를 하기에 상대는 지쳐서 달아나 버린다.

사랑한다는 말과 사랑을 느끼게 해주는 것은 다르다

구별해라, 또 당한다.

사랑한다는 말에 큰 의미를 두지 마라. 그 말에는 큰 의미가 담겨 있지 않다. **사랑은 오직 행동이다.**

사랑한다는 게

뭔 줄 아니? 주둥이로 하는 게 아니라 상대와 하나가 되기 위해 내가 바뀌려고 악을 쓰는 거야. 그럴 자신은 없고 시시콜콜한 문제로 맨날 싸운다면 그만 둬라.

●

하나가 되기 위해. 화합을 위해 '의지'를 가진다는 것은 인간이 할 수 있는 위대한 행동이다. 그리고 그것은 진실된 사랑의 표현이다.

사랑한다고 백날 떠들어 보았자

여자는 남자가 자주 만나러 오지 않으면 사랑을 못 느끼는 거고 남자는 여자가 잔소리를 자꾸 하면 사랑을 못 느낀다.

●

여자는 관심을 받아야 사랑이 자라나고 남자는 잔소리를 듣지 않아야 사랑이 유지된다. 남자의 사랑은 초반이 최고 절정이기에 그것은 유지되어야 하는 것이지 자라는 게 아니다.

남자는 사랑을 느끼면 관심을 주고

여자는 관심을 받으면 사랑을 준다. 서로 다르게 태어났다. 어떻게 해야 할까? 방법은 하나. 남자는 여유, 인내와 한결같음으로 여자는 남자에게 처음부터 모든 걸 주지 말고.

•

다르게 태어났다는 건, 다른 두 사람이 만나서 하나가 되라는 신의 섭리이다.

그렇기에 어쩔 수 없다.

매력이란

자기 삶을 사는 사람에게서 나오는 것이다.
어느 부모의 작품으로 살 때는 나타나지 않는다. 또한 그 매력이 모두에게 매력으로 보이지 않는다. 누군가에게는 너의 주도적 삶의 모습이 매력으로 크게 다가온다.
연애의 시작은 이렇게 되어야 한다. 자기 삶을 살아라. 보여라.
문제는 이성이 없어서가 아니다.

부끄러워하지 말고 현재 그 모습으로 나아가라.
네가 스스로 필요를 느낄 때 너의 모습에
변화를 주어라.
그것을 스스로 결정해라.

키 크고 몸매 좋은 남자

성격이 좋고 대인관계가 좋은 남자
능력이 좋은 남자
자상한 남자
운동을 잘하는 남자
이것들아. 이런 남자는 너와 연애를 하면 너는 하루하루 불안해 죽을 것이다. 이런 남자는 여자 친구도 엄청나게 많을 것이고 할 일도 너무 많아 너를 지독하게 외롭게 할 것이다. 현실을 살아라. 괴물을 찾지 마라.

•

수없이 말을 해도 말을 듣지 않고 괴물을 계속계속 찾는 사람이 많다. 명심해라. 괴물은 너에게 그 무엇도 주지 않을 것이다. 또한 현실에 없을 것이다.

남자에게 바친다

연애를 오래 하려면 감정이입을 잘해라. 여자가 기뻐하면 너도 똑같이 기뻐하고 여자가 슬퍼하면 너도 똑같이 슬퍼해라. 반드시 상대가 느끼도록. 이것은 단순해 보이지만 가장 어려운 능력이다. 감정표현을 못 하는 곰 같은 남자는 죽어도 여자를 만족시키지 못한다. 몸으로 만족을 시켜줄 수 있다고 생각하는 것은 비참한 너의 변명이다. 이 글이 남자를 혐오하는 글로 보인다면 미안하다. 너희들은 가망 없다.

•

치유를 하면서 가장 어려운 대상이 바로 곰이다.
이들에게 감정은 존재한다. 그러나 그것을 느끼고 표현해본 경험이 너무나 없기에 연애 때는 애인을, 결혼 후에는 아내를 외로움의 족쇄로 묶어버린다. 상대가 곰이라면 즉시 연애를 중단하거라. 그리고 너희가 곰의 기운을 조금이라도 가지고 있다면 의지적으로 자꾸 다양한 감정에 노출되도록 노력해야 한다. 검증된 연애드라마, 영화, 소설을 통해 간접 경험을 많이 해라.
반드시.

여자 친구가 네 앞에서 울고 있냐

네가 할 수 있는 최선을 알려주마. 여자가 우는 그 이유에 완전히 몰입해라. 안아줘라. 같이 울어줘라.
이 3가지의 순서가 중요하다. 네가 이렇게 할 수 있다면 여자는 죽어도 너를 떠나지 않는다.

•

여자에게 감정은 전부이다. 그러나 남자는 그것이 얼마나 중요한 건지 대부분 모른다. 남자들아 여자의 감정을 소중하게 여겨라. 남자에게 일, 꿈, 목표, 게임, 운동, 친구... 그런 것이 너무 중요하듯이 여자에게 감정도 그러하다.

불행히도 사랑은 받은 만큼 줄 수 있다

사랑은 우리가 부모에게, 과거 애인에게, 주변 사람에게 보고, 듣고, 느낀 그만큼 나를 사랑하고 그리고 누군가를 사랑해 줄 수 있다.
그러나 더럽게도 그게 없다면 그게 너무나도 없다면...
온전하게 사랑을 줄 수 없다. 그래도 방법은 딱 하나 있다. 네가 너를 사랑해주면 된다. 오빠가 형이 눈물로 방법을 알려주마. 음란한 영상을 보지 말고 아름다운 영상을 보아라. 인스턴트, 자극적인 음식을 먹지 말고 몸에 좋은 음식을 먹어라.
축~ 쳐진 너의 몸을 운동으로 스트레칭으로 다스려라. 욕을 달고 살았다면 선한 긍정적인 말을 억지로라도 하여라. 강력한 음악을 듣는 대신에 너의 귀에 듣기 좋은 클래식을 들어라. 네가 너의 마음과 몸에 관심과 사랑을 주면 너에게 사랑이 생긴다. 지금 만나는 그 사람, 앞으로 만날 그 사람 그리고 태어날 너의 자녀들에게 네가 너에게 하듯이 그렇게 하여라.

•

아프다. 이런 말을 할 때마다 아프다. 나도 여기에서 벗어나기 위해 수없이 많은 몸부림을 쳤다. 너도 할 수 있다.

사랑은

부모에게 받은 만큼 부모에게 받은 방식(공감, 지지, 억압, 집착, 폭력)으로 애인, 배우자, 자녀에게 준다. 1년 안에는 철저히 숨길 수 있다. 그렇기에 반드시 1년을 만나고 결혼을 해야 한다. 내가 분명히 말했다. 잘해준다고 한 번에 마음 다 주지 마라. 그렇게 되면 진실에 눈을 감게 된다.

•

사랑은 감정의 영역이다. 그렇지만 이성의 작동도 같이 해라. 1년 안에는 자신을 숨길 수 있는 능력이 대부분 있다.

소개팅 첫 날

상대가 가정에 충실한 사람인지 아닌지 한 번에 확인할 수 있는 질문

"당신이 하루에 사용하는 에너지가 100이라면
당신은 일과 가정 각각 얼마나 쓸 수 있나요?"

이 질문에 상대는 대부분 거짓말을 하기 힘들다.
이 질문은 단순하지만 당신과 궁합을 확인할 수 있는 강력한 질문이다. 일 중심 vs 가정 중심의 사고를 가진 사람은 생각이 많이 다르다. 그것에 비중을 높게 말할 것이다. 거기에서 많은 갈등이 생긴다.

•
돈을 택하겠느냐 가정을 택하겠느냐 둘 중에 하나만 선택해야 한다. 둘 다 가질 수는 없다.
세상은 그렇게 될 수 없단다.

우리가 연애를 못 하는 이유는

문학책을 읽고 글을 쓰는 습관을 전혀 가지고 있지 않기 때문이다. 즉흥이고 단순한 미디어에만 노출되어 살다 보면 인간만이 할 수 있는 진지하고 깊은 고뇌를 할 수 없다. 고뇌를 할 수 없는 인간은 상대의 말과 행동 그리고 감정을 헤아려 줄 여유와 힘이 없다. 따라서 책을 읽고 일기를 써라. 조금만 기분 나쁘면 지랄하는 수준에서 벗어나라. 창피하지 않느냐. 노력 없이는 좋은 사람은 오지 않는다. 와도 그냥 가버린다.

•

생각이 있어야 연애를 잘한다. 생각을 하려면 고전 같은 책을 읽어야 한다. 그래야 생각을 의지적으로 하게 만든다. 항상 단순한 글만 보는 사람은 생각이 단순하여 연애, 인간관계 시 깊은 생각을 할 수 없다. 생각하는 힘을 키우려면 읽고, 쓰는 것을 해야 한다.

자신을 포장하고

끊임없이 자신을
자랑하면 할수록
자신의 불안함이 전달되어 질려버린다. 그냥 보여라. 빈털터리
그 모습 그대로.

다들 이런 경험 있지. 그러지 마라.
한번은 통할 수 있다.

그 사람이 가게 종업원, 길을 물어보는 사람 등에게

하는 말과 행동을 유심히 보거라. 그것이 너, 너의 자녀, 너의 부모가 결혼 후에 받게 될 모습이다. 사람에게 하는 행동을 보면 네가 겪을 미래를 그대로 볼 수 있다.
'나에게만 잘해주면 되지요. 뭘 굳이 다른 사람들에게까지' 라고 생각하고 결혼해서 피눈물 흘리는 부부가 많다.

상대가 능력이 없다고?

그 능력이 뭐냐.
1년간 한눈 안 팔고 잔소리 참으면서 들어주고 내 사람 끝까지 책임지고 사랑해주면 된다. 그게 능력이다.
네가 그런 것을 과거에 경험하지 못했기에 조건만 보는 거다.
정신 차려. 그러다 50살에 결혼한다.

•

노처녀, 노총각들아. 너희에게 할 말이 있다.
나이가 들면 우리가 대학시절 흔히 만날 수 있었던 그런 여자, 남자는 만나기 어렵다.
이미 그들은 모두 짝이 있고 결혼을 했다. 소개팅, 맞선의 수가 늘어날수록 계속 떠오를 거다. 조건과 외모를 내려놓아라. 그래야 너희에게 자유가 찾아온다.

남자에게 만만하게 보이지 마라

아무리 서로 사랑한다고 해도 네가 만만하게 보여 버리면 널 함부로 대한다. 인간은 네 생각처럼 착하지 않다.

만만하게 보인다는 것은 남자가 요구할 때 여자가 다 들어줄 것처럼 보인다는 말이다.

백번 찍어 넘어가는 여자는

존재할 수 있지만 백번 찍어 넘어가는 남자는 없다.
남자는 딱 1초 만에 만날 여자인지 아닌지 판단한다. 그게 남자다. 제발 제발 새겨 들어라.

•

이것을 모르는 여자가 많다. 남자는 절대 넘어가지 않는다. 그러나 한 가지 예외는 있다. 여자가 백번 찍으면서 갑자기 외모가 섹시하고 예쁘게 변해버렸다면 남자는 넘어 간다. 남자는 시각으로 결정한다.

남자는 섹스를 위해

관계를 견디고 여자는 관계를 위해 섹스를 허락한다.

•

다 이런 건 아니겠지. 그러나 이런 경우가 많다.

장거리 연애는 남자가

서울과 부산을 자기 차로 일주일에 2번 왕복해서 만날 수 있는 그런 정신상태가 아니라면 죽어도 불가능이다. 그렇지 않다면 장거리 연애는 꿈도 꾸지 마라.
미친 짓이다.

•

장거리 연애를 1년 이상 견뎌내려면 큰 노력이 동반되어야 한다. 그것이 없이는 결국 여자는 외로움에 지쳐서 흙이 될 것이다. 시작도 하지 말거라.
'난 할 수 있어. 날 믿어. 오빠가 매일 갈 거야. 믿어줘.'
그래. 지금 마음은 그게 맞을 거야. 그러나 거리와 육체의 한계를 이겨낼 수는 없다.
초반에는 영상통화로 견뎌낼 수는 있겠지만.

연애 초반

여자는 남자의 확실한 관심에도 불안해한다. 남자는 여자가 주는 희망에도 큰 용기를 얻는다.

•

여자는 확실하고 안정적인 한결같은 것을 원하고 남자는 가능성을 원한다.

연락 빈도의 황금 비율

3:7

여자가 3 남자가 7을 해라.

이 비율이 깨어지면 위험하다.

•

1 : 9/2 : 8 은 남자가 지치고

4 : 6/5 : 5 는 남자의 긴장을 풀리게 한다.

그래서 3 : 7 이 최선이다. 썸, 연애 초반에는 반드시 지켜라. 그 이후에는 알아서 해라.

여자는 남자로부터 관심, 이해, 공감을

남자는 여자로부터 지지, 칭찬, 인정을 먼저 받아야 다른 무언가를 줄 수 있다. 이것이 선행되지 않고 다른 어떤 것을 하려고 하지 마라. 소용없는 짓이다.

•

여자는 공동체 안에서 이해받기를 원하는 존재이다. 그래야 자기 인생이 의미 있다고 느껴 행복해 한다. 남자는 칭찬, 인정을 받아야 자기 인생은 충분히 가치가 있다고 느껴 행복해 한다. 제발 이 차이를 알아라. 그래야 상대가 왜 화가 나 있는지, 어떻게 해야 화를 풀 수 있는지를 안다.

남자는 자기를 필요로 한다고 느낄 때
사랑이 생기고

여자는 사랑받고 있다고 느낄 때 사랑이 생긴다.
남자에게 강하고 독립적인 모습을 보이면 여자는 꽝이고 여자에게 지속적인 관심을 주지 않으면 남자는 꽝이다. 알았지.
이제 실천해라.

•
오해할 수 있다. 여자가 독립적인 모습이 있으면 안 된다는 것이 아니라 그 모습만 보이면 안 된다는 것이다.

내가 이만큼 관심, 사랑을 주었으니

그 대가로 그와 같은 관심, 사랑을 기대한다. 그리고 그 기대가 충족되지 않으면 이제 화가 난다.
조금 기다려라.
너의 속도와 다른 사람일 수 있다. 여기서 네가 그 불만을 계속 노출한다면 상대의 '사랑 불꽃'은 식을 것이다. 사랑은 인내를 요구한다. 이 과정을 통해 그것을 배워라. 시대가 아무리 변해도 사랑은 아날로그다.

•

요즘 시대에 연애가 왜 불안하냐면 사랑을 디지털로 하기 때문이다. 너무 빠르다. 그렇기에 사람이 사람을 믿지 못한다. 일은 디지털로 해야지만 사랑은 아날로그로 해라.
지구가 망하기 전까지 사랑만은 아날로그가 진리이다.

연애를 못하는 사람들의 특징은

생각이 많다.
상대가 날 어떻게 생각할까?
어떻게 해줘야 좋아할까?
그 생각이 너의 뇌를 피곤하게 만들어서 너는 밤낮으로 우중충한 생각에 빠져 더욱더 피곤에 찌든 얼굴로 만들어 버린다.
생각을 멈추고 하고 싶고 묻고 싶은 것을 당당히 물어 보거라.
그것이 성공연애의 시작이다.

•

생각은 당연히 해야지. 그러나 많아도 너무 많다.
본질적인 것에 에너지를 쓰지 않고 비본질에 에너지를 다 써버리기에 결국 스스로가 자멸해 버린다.

연애 초반

너무 심하게 잘해준다.
선물도 자주 준다.
항상 집 앞에 또는 회사 앞에 온다.
매일 자기 전에 연락을 한다.
주말에도 항상 만나려고 한다.
정말 나에게 미치도록 잘해준다. 진심으로 보이니?
심하게 잘해준다는 것은 빨리 자기 목적을 달성하겠다는 것이다. 그 목적은 사람마다 모두 다르다.

•

이것을 광자에너지라고 나는 표현한다. 일반인은 흉내를 낼 수 없다. 목적이 분명한 자들만이 이런 에너지를 분출할 수 있다. 일단 만나라. 그러나 절대 몸과 마음을 줘서는 안 된다. 이들이 광자인지 아닌지 판별하는 방법은 네가 몸과 마음을 주지 않는데도 100일 동안 한결같이 한다면 광자가 아니라 열정이 많은 사람으로 보아도 된다. 그러나 그때도 마음의 50% 이상은 절대 주면 안 된다. 왜냐하면 이런 에너지를 가진 사람은 한번 에너지가 꺼지면 한방에 꺼지기에 1년 동안은 계속 주시하거라.

썸 탈 때는 다정하든지 차갑든지 둘 중

하나만 택해라.
미지근하면 상대의 감정을 움직이지 못한다.
그리고 손에 걸려들었다 싶으면 반대 모습을 취해라.
그럼 네 것이 된다. 그 이후는 알아서 해라.

•

본격적인 연애가 진행되는 상태에서는 한결같은 모습이 중요할 수도 있다. 그러나 초반에는 상대 감정에 역동을 불러일으키는 것도 중요하다. 물론 다 그런 것은 아니다.

연애 초기 미친 듯이 잘해주는 것은

사랑이 아니다. 만날 때마다 또는 틈틈이 '사랑해' 말하는 것도 사랑은 아니다. 남자는 사랑하면 여자에게 자기 수준에서 돈을 쓰고 가진 시간을 아낌없이 쓴다. 만날 때 여자가 있는 곳으로 가고 늦은 밤 자기는 걸어서 집에 갈지언정 데려다 준다. 이런 행동이 바로 남자의 사랑이다. 이런 말해서 기분 나쁜 사람이 있을 것이다. 남자는 사랑의 감정이 무엇인지 모른다. 그건 여자만이 느낄 수 있는 것이다. 그렇기에 남자는 사랑하면 위와 같은 행동을 할 뿐이다.

‘사랑해’ 말보다는 ‘예쁘다’는 말을 가끔씩 해줘라

사랑하는 남자를 위해 죽지는 않지만 예뻐지기 위해 그 어떤 위험도 감수하는 게 여자다. 예쁘다. 우리 자기 참 예쁘다. 안 예뻐도 예뻐지기 위해 예쁜 사람은 더 예뻐지기 위해, 노력한다. 남자들아 알겠지!!

좋아한다 vs 사랑한다

너희가 잘 모르는 것 같아 알려준다.
좋아한다는 것은 널 만나 내가 좋다는 것이고 사랑한다는 것은 널 만나 너를 위해 희생하는 것이다.
그렇기에 상대에게 좋아한다는 말을 해야지, 함부로 사랑한다는 말을 하지 마라.

위와 같은 생각이 들 때 '사랑한다'는 말을 해라.

상대가 돈, 자기관리, 시간에 철저한 사람이라면

자본주의 세상이 볼 때는 아주 멋있고 100점짜리 사람이다. 그러나 연애를 할 때는 0점이다.
널 위해 사는 선물에 궁핍할 것이고 너와 함께 하면서도 자기 일에 대한 생각을 할 것이고 널 기다려주는 시간을 아까워할 것이다.
물론 100일 안에는 숨길 것이다. 널 가져야 한다는 목적이 있기 때문에 이런 사람과는 대부분 100일 내에 결판이 난다.

남녀가 밥을 먹는다

여자는 대화를 하고 먹어야 같이 먹은 것이 된다.
남자는 아무 말 없이 같은 공간에서 먹으면 그 자체가 같이 먹은 것이 된다. 틀린 게 아니라 서로의 차이다.

•

여자는 이런 것도 상처이고 이런 것이 쌓여서 너에게 잔소리를 하는 것이다.

자기를 사랑하는 사람은

혼자가 되는 것을 두려워하지 않는다. 자기에 대한 자신감이 있기 때문이다. 이런 사람에게는 그 자신감으로 인해 주변에서 사람들이 늘 붙는다.

남자의 집에 갔다

아래 5가지 확인해라.

거실 쓰레기통

화장실 쓰레기통

냉장고 안

침대 아래

베란다 재떨이

인간은 자국을 남긴다.

•

왜 그런지 상상하면 답이 나온다.

작업의 정석

상대를 간파해라. 말, 옷차림, 직업, 외모에서 상대가 전문직이냐? 높여줘라. 상대가 신이 나게. 상처가 있냐? 진심으로 그 상처를 너에게 말할 수 있도록 들어줘라. 자신감이 없냐? 칭찬할 거리가 보이면 적절하게 해줘라.

상당히 예쁘냐?(잘 생겼냐?) 많이 바쁠 것이다. 조금 멀리서 지켜보듯 해라. 그리고 기회를 노려라. 서두르면 끝이다.

이것이 상대가 너를 만나 자신의 존재감을 느껴 너를 찾게 되는 이유가 될 것이다.

남자를 초반에 미치게 하는 여자

모두가 보았을 때 예쁜 여자 + 연락이 잘 안 됨 + 만나면 너무 재미있는 여자 + 예상하지 못한 시간대에 한 번씩 연락이 오는 여자 + 가벼운 스킨십만 허락

여자를 초반에 미치게 하는 남자

자기 눈에 마음에 드는 외모 + 한결같은 남자 그러나 여자의 감정 변화에 따라 다른 모습을 보여주는 남자

지극히 개인적인 생각

생각 있는 30, 40대 이상의 미혼 남자가 원하는 여자

다양한 주제에 대화가 통하는 여자 + 남자의 자유 시간을 인정해 주는 여자 + 아주 조금만 예쁜 여자 (예쁜 여자는 못 만난다는 것을 알기에)

생각 없는 30, 40대 이상의 미혼 남자가 원하는 여자

예쁘고 섹시한 여자

‘사랑해’라는 말 대신

껍질을 벗기고 너의 감정을 그대로 표현해.
예를 들면
“자꾸 네가 생각나고 가슴이 뛰어. 이런 감정이 일시적인지 모르겠으나 지금은 널 생각하고 만나면 정말 숨 막히도록 좋아.”

이게 바로 ‘사랑해’라는 말의 표현이다. 그래야 상대는 알아듣는다. 알겠지?

좋아는 하는데 열정이 없냐

그럼 시간이라도 많이 줘라.
시간도 없냐? 그럼 돈이라도 많이 써라.
돈도 없냐? 그래. 꺼져라. 넌 연애불가다.

•

아무것도 없는 자들이 연애를, 결혼을 하려고 한다. 멈춰라!!
그것은 공멸이다.

모든 여자는 소중한 남자에게

말을 많이 하려고 한다. 그러나 어떤 남자는 소중한 사람이기에 말을 안 해도 서로가 안다고 여긴다.

•

남자는 여자를, 여자는 남자를 모르면 연애, 부부생활은 고통만 남는다. 서로를 알아야 함께할 수 있다. 신이 남자와 여자를 다르게 만든 이유는 바로 각자의 연약함을 바로 세우기 위함이다.

매력을 보려면

상대를 5번 정도는 만나라. 첫눈에 매력을 보일 수 있는 자들은 연예인뿐이란다.

•

서로가 수십 년을 다른 환경에서 자랐고 경험한 것도 다르고 좋아하는 것도 싫어하는 것도 꿈도 모든 것이 다른데 어떻게 초반에 매력을 볼 수 있겠는가. 결코 그럴 수 없다.
여러 번 만나면서 나와 공통점을 그리고 내가 없는 장점을 찾으려고 해야 연애를 할 수 있다.
첫눈에 확~~ 반해버린다는 것은 어쩌면 나에게 있는 심한 결핍이 보상을 받기 위해 하는 행동일 가능성이 크다.

유부남은 미혼남과 비교도 안 될 만큼

여자에게 잔인하게 잘해준다. 그래서 여자는 바로 넘어간다. 여자를 너무 잘 알기에 문제는 그런 놈에게 속아서 사랑에 빠지고 헤어지고 나서 미혼남을 만나도

- 그 놈이 해준 것과 비교되어서
- 또 현재 남자도 유부남이 아닐까 의심되어서 정상적 연애활동이 어려워진다.

●

너희들 초반에 너무 심하게 매혹적으로 잘해주면 반드시 의심해라. 가장 좋은 것은 그 남자 집에 가자고 말해봐라. 만약 고집스럽게도 거절한다면 유부남이다.

예쁘다는 말을 여자에게 자주 해라

예쁘다는 말을 듣는 여자는 예뻐진다. 그 말을 듣는 여자는 '세로토닌'이라는 호르몬이 생성된다. 그것은 식욕을 억제하고 피부에 탄력과 윤기를 만들어 낸다. 지금 그녀에게 예쁘다고 말해라.

•

여자의 갱년기 그리고 대부분의 심리적 질환은 애인이나 남편의 지속적인 애정 어린 사랑의 표현이면 대부분 사라진다. 남자는 이것을 모른다.

인간이 겪고 있는 대부분의 심리적 질환은 사랑을 받지 못해서 생긴 것이다. 심리적 질환은 사랑을 받으면 분명히 좋아진다.

내가 하는 상담의 최종 목표는 **사랑을 하지 못하는 인간을 사랑을 할 수 있는 인간으로 바꾸고, 사랑을 받지 못한 인간에게는 내가 받은 사랑을 공급해주는 것**이다. 이것이 상담의 본질이다.

사랑을 하고 싶다면 이렇게 해라

상대의 행복에 초점을 맞춰라. 그러면 네가 원하는 것이 이뤄진다. 그러나 나의 결핍을 보상받기 위해 하는 연애라면 그렇게 하기 힘들 것이다. 그래서 결핍이 많은 두 사람이 만나 연애, 결혼을 하면 서로 물어 뜯어 죽이려 하는 것이다. 그 이유는 줄 수가 없기에…

●

사랑은 어려운 것이다. 사랑을 완성시키는 그 여정은 나의 의지를, 나의 기준을, 나의 결핍을, 나의 욕망을 꺾어 가는 과정이다. 그 끝에 도달하는 자들은 사랑의 진액을 맛보게 될 것이다.

어릴 때 엄마와 충분한 교감이

부족하면 연애와 결혼생활 중에 채우지 못한 것을 채우려 한다. 무서운 건 그게 평생 그렇게 한다는 것이다. 상대는 감당하지 못하고 본인은 자신도 왜 그러는지 모른다.
인간의 정상적인 애정활동은 어릴 때 결정된다. 해결책은 마음속으로 어릴 때 자기에게 되돌아가서 자주 안아주고 달래줘야 한다.

영원히 행복한 커플이 되는 방법

여자는 상처를 매일 받는다. 그것을 풀기(치유하기) 위해 남자에게 수다를 또는 짜증을 낸다.
이렇게 하는 심리적 이유는 상처가 치유되면 사랑의 감정을 느끼고 그렇게 되면 행복을 느끼기 때문이다. 남자는 대부분 이것을 모른다. 남자가 할 일은 너무 힘들어도 들어주는 것이다.
진지하게 '여자가 행복해지기 위해 스스로 치유하는 중이구나' 라고 생각해라. 그러면 훨씬 견디기 쉽다.
반면에 여자는 치유가 끝나면 남자에게 고마움이나 칭찬 이런거 별 소용없다.

•

재미있게 해줘라. 남자가 게임을 좋아한다면 그것을 네가 배워서 같이 해라. 남자는 재미에서 행복을 느낀다. 여자의 행복은 상처 치유, 남자의 행복은 재미. 이것을 잘 주고받아라.

"연애를 잘하는 방법 하나만 알려주세요."

라고 나에게 묻는다면 난 이렇게 말하고 싶다.

'상대에게 그 어떤 기대도 하지 말라는 것'

그럼 싸울 일이 많지 않을 것이다.
상대를 변화시키려는 그 어떤 노력도 무의미하다. 견디기 힘들다면 헤어져야 한다. 연애는 내가 행복해지기 위해 하는 것이다. 상대를 변화시켜서 나에게 맞추려는 시도를 하는 순간 이별은 예견된 것이다.

연애

|

갈등과 집착

계속 쌓이면 한 번씩 미친 듯이 쏘아 댄다.
이때 여자는 남자와 달리 현재 문제뿐만 아니라 오래된 과거에 자신의 상한 감정까지 모조리 쏟아낸다.
남자들아, 형으로서 말하마. 널 공격하는 것이 아니라 여자가 너와 관계를 잘 유지하기 위해 자기 스스로 치유와 발악하는 과정이란다. 이렇게 하지 않으면 여자는 널 떠난다. 그러니 가끔 여자의 광기 어린 쏘아붙임을 그냥 '자가 치유하고 있구나' 하고 가만히 듣고 있어라. 그게 멋있는 남자다.

•

남자는 여자를 이기는 것이 아니라 그냥 진심으로 듣는 척하는 게 최선이다. '듣는 척'이라고 말한 이유는 진심으로 공감하는 것이 너무나 어렵기 때문이다. 그러나 그게 진심이 아니라는 것을 여자가 눈치 챈다면 쏘아댐은 계속 될 것이다. 남자는 여자를 이겨서도 이길 수도 없다.

권태기 치료법

2주간 서로 절대 연락하지 마라. 그리고 만나라.
그럼 보통 해결된다. 그러나 그때도 권태감이 그대로라면 서로를 버려라. 사랑이 끝난 것이다. 누구의 잘못도 아니다. 연애는 사랑의 에너지가 있을 때만 계약이 성립한다. 나 분명히 말했다.
단, 부부는 아니다. 부부는 책임감이기에 그냥 무조건 살아야 한다.

•

결혼은 강한 책임감이 필요하지만 연애는 아니다. 연애를 너무 강한 책임감으로 하면 큰일난다.

한 달 중에

10일은 사랑하고
10일은 삐지고
10일은 싸우고

연애 이런 거야. 한 달 내내 사랑할 생각만 하니. 이기주의 애들아. 부모도 그렇게 못해주는데 너희가 어떻게 해.

•

사랑하기에 투정도, 질투도 한다. 그러나 그것도 정도가 필요하다. 그 정도는 사람마다 다르다. 그래도 위와 같이 한 달 중에 10일은 사랑을 해라. 그 10일마저도 삐지고 싸운다면 상대는 떠난다. 왜냐고 묻는다면 너의 부모가 아니기에 지쳐버린다. 알겠느냐.

연애를 잘하는 사람은

상대에게 매달려 행복해지려고 하지 않고 상대가 바쁠 때 자신을 위해서 무언가를 하는 사람이다. 매달려서 얻는 행복은 없다. 왜냐하면 상대가 질려버리기 때문이다.

•

상대가 바람둥이 또는 의심 가는 행동을 하지 않았다면 그 자체를 믿어야 한다. 설사 나중에 나쁜 사람이었다는 것을 확인할지라도 그때까지는 믿어라. 그 믿음이 있어야 너는 만남이 없는 그 공허함/외로움/보고 싶은 마음을 이겨낼 수 있다.
어떤 사람은 매일 만나고 전화도 1시간 이상해야 연애라고 여기지만 어떤 사람은 일주일에 한번 만나고 연락은 하루 10분에 만족하는 사람도 있다. 연애 방식이 같을 수는 없다. 방식의 차이를 감당하지 못하겠다면 정리해야 한다. 반드시. 또 그냥 헤어져버리면 너는 또 그 수준에서 머문다.

최고의 사과는

행동을 바꾸는 것이다. 주둥이가 아니다.

마음으로 반성한 자만이 행동으로 나타낼 수 있다.
반성은 반드시 행동이 뒤따라야 한다.

여자가 속상해할 때 올바른 대화 방법

여자 왈
"너 어떻게 그런 행동을 할 수가 있니?"

남자는 이 순간 여자가 자기를 공격하고 있다고 느끼기 때문에 방어태세를 유지한다. 대화는 더 이상 나아지지 않는다. 대화를 바꿔라.

"네가 오늘 30분 늦어서 네가 나를 무시한다는 느낌이 강하게 들었어. 그래서 내가 너무 속이 상해. 나의 이 속상한 마음을 위로해줘"

자존심이 상할 수는 있지만 이게 답이다. 이 말이 너희의 관계를 지켜준다.

모든 인간관계는 감정에 달려있다. 감정이 상하면 그것이 누적이 되어 관계는 깨어진다. 이 감정을 일으키는 것이 '표현(말)'이다. 말이 상대의 귀를 통해 마음에 담기어 그것이 감정을 역동케 한다. 연애뿐만 아니라 인간관계를 성공하려면 'You 메시지'가 아닌 'I 메시지'를 하려는 훈련을 해라. 이것은 상대의 감정을 상하게 하지 않으면서 나의 감정을 충분히 세련되게 전달하는 방법이다. 주둥이가 인생을 좌우한다.

연애는 남자가

미쳐야 할 수 있다.

그것이 사랑의 유일한 연료이다. 3, 4번 만났는데 시큰둥하다면 집어치워라.

•

남자의 열정은 차의 엔진이다. 그것이 없으면 달려가지 못한다. 엔진 없이 연애를 한다는 것은 여자가 뒤에서 차가 가도록 미는 격이다. 결국 여자만 죽어난다.

권태기는 헤어져야 하는

신호가 아니라 서로가 한 단계 높은 성장을 필요로 한다는 신호이다. 권태기는 네가 누구를 만나도 온다.
권태기에 속지 마라.

•

신은 서로 모르는 남녀가 빨리 친해지라고 남자에게 '열정'이라는 것을 주었다.
이것은 유한하다. 유한하다는 것은 없어지면 이제 이별해야 할 때가 되었다는 것이 아니라 그 시간 안에 두 사람이 다음 단계로 진입해야 한다는 것이다.
사랑의 1단계가 옆에 없으면 미칠 것 같은 열정에 의한 연애라면 2단계는 믿고 의지가 되는 단계이다. 이때 설렘은 없다. 서로가 서로에게 의지가 되고 어떤 상황에서도 내 편이 될 수 있는 그런 관계이다.
권태기라는 것에 속지 마라. 속지 마라. 속지 마라.
결혼해서 열정이 사라졌다고 모두가 이혼을 한다면 지구에는 무엇이 남아있게 될까. 진리가 진실이 아닌 것의 끝은 부패와 거짓, 욕망이다.

관계 회복의 구체적 예시

1_서로의 차이를 마음속으로 강하게 받아들여라.

2_존재 자체에 대한 수용 (칭찬 x, 공감 x)

- 네가 잘하기에 난 널 좋아한다가 아니라 너의 존재 자체에 감사를 표현

 ex) 나와 결혼해 줘서 고마워, 당신이 있어 우리 가족은 행복해

- 이것은 상대가 역경에 처해있을 때, 당신과 갈등 상황에서 견뎌낼 힘을 부여한다.

- 또한 앞으로 나아갈 힘을 준다.

3_너의 요구를 '나 화법'으로 해라.

4_관계가 좋아지면 두 사람만의 법과 질서를 만들어라.

ex) 데이트하는 날, 싸울 때 지켜야 할 사항, 서로 조심해야 할 사항 등

방법은 있지만 우리가 그것을 하지 않기 때문이다. 이 방법을 연애에 적용해라. 너희가 경험을 해야 '위기의 관계도 회복할 수 있구나'라는 생각을 가질 수 있다.

나아지겠지

좋아지겠지. 그것은 연애 중 1년 안이다. 그 안에 고쳐지지 않으면 버려라.
잘 들어라. 그 숙제를 해결하지 못하고 결혼하면 지옥이다.

•

1년 안에 풀 수 있는 숙제가 아니라면 버려라. 그것은 너의 몫이 아니다. 한 번의 잘못된 선택이 너와 너의 자녀, 너의 부모를 망치게 한다. 그 한 번의 선택이 말이다.

진실은 이렇다

예를 든다.

당일 애프터가 없다 → 관심이 없다는 뜻
사귀자는 고백이 없다 →사귈 만큼 좋아하지 않는다는 뜻
선물을 사주지 않는다 → 돈을 쓸 만큼 가치가 없다는 뜻
바빠서 연락이 안 온다 → 너에게 미쳐있지 않다는 뜻

너의 기대, 너의 감정을 모조리 빼고 그대로 보아라. 그러면 사람들의 모든 말과 행동이 쉽게 해석된다.

연애를 어렵게 하면 한 없이 어렵다.

남자의 차에 탔다

담요가 있다면 즉시 물어봐라.

"이거 뭔가요?"

버벅거린다면 바람둥이다. 내려라. 남자는 담요를 사용하지 않는다.

•

의심이 간다면 즉시 물어보는 습관을 가져야 한다. 그냥 넘어간다면 너는 그 이후로 잠을 편하게 자지 못할 것이고 상대에 대한 불안은 커져만 갈 것이다.

초반에 미친 듯이 열정이 타올라서

만나려는 사람을 조심해라.
건강한 사랑은 타올라도 서서히 타오른다. 초반에 미친 듯이 달려드는 것은 병적인 행동일 가능성이 무지 높다. 유경험자들은 격하게 공감 할 것이다.
자기 안에 결핍에 대한 보상심리로서 확~~~~ 다가온다.
속지 마라.

•

열정은 필요하다. 그러나 열정에도 정상과 비정상이 있다. 구별하거라.

여자는 사랑을 받아야 사랑을 느끼고

남자는 사랑을 주면서 사랑을 느낀다.
그래서 남자가 사랑을 계속 줘야 하고 여자는 잘 받아야 한다.
만약 둘 다 주려고, 받으려고 한다면 연애는 되지 않는다.

•

여자는 남자에게 마음을 50%만 준다면 남은 50%를 얻기 위해 사랑을 준다. 여자가 만약 100%를 준다면 남자는 더 이상 가질 것이 보이지 않기에 사랑을 줄 힘을 만들어내지 못한다.
남자에게 연애와 결혼은 프로젝트이다.

연애 초기 만날 약속과 일정을

서로 맞추는 데 잘 안 맞다.
미안하다. 둘 중에 아직 한 사람이 안 미쳐있구나.
연애 초기 보통 남자가 미쳐야 해. 그럼 새벽 3시에도 만나러 간다. 만남을 다시 고려해 보아라. 신이 남자에게 열정을 준 이유가 바로 이런 이유 때문이다.

•
둘 중에 한 사람이 미쳐있지 않으면 사랑은 굴러가지 않는다.

여자는 사랑을 받아야 사랑을 보여주고

남자는 사랑을 못 받으면 사랑을 더 주려 한다.

고로 남자는 많이 주고 여자는 조금씩 줘야 한다. 너의 생각과 본성을 꺾어라. 알겠냐? 알겠냐고.

•

진리다.

천생연분, 궁합에 대해 알려주마

그것은 서로 갈등이 생겼을 때 해결방법이 같고 하루 만에 문제가 해결되고 해결 후 앙금이 남지 않는 커플이다. 이것이 진짜 천생연분이라고 나 연애대장은 정의한다.

많이 싸워도 된다. 사랑하기에 싸우는 것이다. 그러나 싸움이 빨리 끝나지 않으면 고통과 연애하는 것이다. 싸우고 화해할 때 “이번 싸움은 왜 생겼고 앞으로는 우리가 싸우더라도 어찌어찌 해보자”로 반드시 대화를 해라.

멋있는 사람은

자기를 사랑하지 않는 사람을 단칼에 버린다. 그 이유는 하나다. 자기를 사랑하기 때문이다. 연애는 사랑을 주고받는 것이다.
물론, 부부는 예외다. 엉뚱하게 적용하지 마라.

•
연애는 사랑이 존재할 때만 하는 계약이다. 계약이 종료되면 즉시 보내라.

갈등이 주어졌을 때 그것을 대화로

풀어내지 못하는 자들은 결코 결혼을 꿈꾸지 마라. 누구 인생을 망치려고 그러느냐. 결혼은 돈으로 하는 게 아니다. 갈등을 풀어내는 그 능력(힘)으로 하는 것이다.

●

진리다. 이런 자들과 결혼하면 반드시 땅치고 피똥 싼다.
반드시!!

스트레스를 많이 받는 상태에서는

이성과 감정의 정상 작동이 멈춰버린다.
이런 날은 절대 데이트 및 애인과 전화를 하지 마라. 상대에게서 네가 원하는 위로를 받지 못하면 너는 터지든지 상대를 저주할 수도 있다.
서로 약속을 해라. 그런 날에는 서로 연락하지 말자. 지혜가 사랑을 견고하게 한다.

•

기분이 좋지 않은 날은 위로받고 싶을 것이다. 상대는 그날 너에게 위로를 해줄 것이다. 그러나 문제는 그 위로의 양이 네가 원하는 만큼이 되지 않을 때 발생한다.
그냥 내일 만나라. 괜히 더 큰 화를 만들지 마라.

연애를 시작한다

사랑이 다가온다. 이때 마음에서 불안함이 서서히 몰려온다. 마음을 들여다본다. 내가 사랑을 밀어내고 있다. 이유는 그 사람의 사랑을 받아들이면 불안할 것 같기 때문에. 왜 불안할 것 같다고 생각할까. 마음에 넣었다가 빠져나가는 아픔을 경험했기 때문에 그렇다. 여기에 해당하는 여자, 남자가 많다.

•

얘들아.

그게 계속 반복되면 정신병 걸린다. 연애할 때 상대는 믿음의 대상이 아니다. 서로 외로운 사람이 잠시 있다가 간다고 생각해라. 그러다가 오래 머물러 있으면 결혼하는 것이다.

연애 초기

연락 잘 안 되면 너에게 관심 크게 없으니 빨리 접어라. 없는 관심이 갑자기 생길 확률은 남자의 경우는 거의 없고 여자의 경우는 나름 있다. 그러나 네가 진짜 좋아하지 않는다면 못할 짓이다. 초반에 연락이 매끄럽지 않다면 그냥 접어라. 연애에 목숨 걸지 마라.

•

짝사랑에 빠진 여자에게 간곡히 말한다. 그 남자는 절대 너를 좋아해주고 싶어도 해줄 수가 없다. 남자는 자기가 미쳐야지만 좋아해 줄 수 있다.

연애를 많이 할수록 그들은 이런 말을 한다

서로를 배려하고 겸손한 사람이면 아무것도 필요 없다. 결혼을 하고 나이든 사람들은 이런 말을 한다. 나를 괴롭히지만 않으면 된다. 가장 좋은 이상형은 혈액형도 성격도 능력도 외모도 아니다. 그냥 우리를 괴롭히지 않는 사람이 가장 좋은 사람이다. 그것을 느끼지 않으려면 어떤 기대도 하지 마라. 기대가 있기에 괴로운 것이다. 기대가 없으면 상대도 우리를 덜 괴롭히게 된다.

•

연애가 거듭될수록 이상형에 대한 수정이 있어야 한다. 그렇지 않으면 결혼은 계속 늦어진다.

9번 잘해줘도 1번 소홀하게 대할 때

너희가 그것에 과민 반응을 보이고 나에 대한 사랑이 식었다 느끼면서 질투를, 쓴 소리를, 욕을 한다면 너희들의 기준이 비정상적으로 높아서다.
상대도 지금 처절하게 생존 경쟁하면서 외롭게 살아가는 한 사람이다. 너마저 그 차가운 기준의 잣대를 들이대면서 굴복시키려 한다면 그 사람은 어디서 숨을 쉬니.
너마저…

●

사랑은 주는 것이다. 사랑은 상대의 행복에 초점을 맞추는 것이다. 그것이 자연스럽게 될 때 사랑을 받을 것이다.

남자에게 바친다

여자는 남자에게 없는 감정의 파도가 있다. 한 달에 한 번을 주기로 오르락내리락 한다.

바닥을 치고 있을 때는 이상하게 짜증도 나고 우울하기도 하다.

이때 남자가 뭔 답을 찾아주려고 하지 말고 그냥 공감해줘라.

짜증내더라도 조금만 참아줘라.

그렇게 해주면 며칠 후에 감정청소가 끝나고 천사가 되어 나타난다.

성격이 달라서 힘든 것이 아니라

사랑이 식어서 성격이 더러워 보이는 것이다.
가난해서 문제가 되는 게 아니라 사랑이 식어서 거지로 보이는 것이다. 밥 먹을 때 소리 나는 게 문제가 아니라 사랑이 식어서 그게 귀에 들리는 것이다.

•

사랑이 가면 자신의 정당함을 나타내기 위해 비난은 자연스레 오는 것이다. 인간은 그렇게 우아하지 않다.

지금 그 사람이

시간을 내서 내게 오는지
시간이 나서 내게 오는지
분별하거라.

•

시간이 나서 오는 사람이라면 네가 간절히 필요할 때 그 사람은 오지 않을 것이다.

바쁘고 마음이 항상 분주한 사람은 결코

행복한 연애와 결혼 생활을 할 수 없다. 이유는 간단하다. 상대의 말을/감정을/눈물을/소망을 들어줄 여유가 없기 때문이다. 더 직설적으로 말하면 그런 것은 현재 자기 관심 대상이 아니기 때문이다. 능력이 문제가 아니다. 들어줄 여유가 있는 사람을 만나라. 기계와는 살 수 없다. 사람과 사람은 감정이 흘러야 살 수 있다.

여유가 없는 곳에 관계는 둥지를 만들지 않는다.

남자는 김태희를 소개팅에서 만나

'모텔가자' 는 말을 죽어도 하지 못한다. 왜 일까?
그 이유는 놓치면 절대 안 되기에. 그럼 너에게 그 말을 한 이유는 무엇일까?
놓쳐도 되기에 그 말을 한 것이다.

•

남자는 꿈에 그리던 이상형을 만나면 숨이 막히고 그 사람에게 잘못 보일까봐 생각, 말, 행동을 극도로 조심한다.

밀당을 한다는 것은

그렇게 할 여유가 있다는 것, 즉 미쳐 있지 않다는 강력한 증거

•

남녀가 만났다. 심장이 쿵쾅쿵쾅 뛰고 있다. 이때 이성은 작동하지 않는다. 오직 감정에 장악된 상태이다. 밀당이라는 것은 이성이 작동을 하여 자기 마음을 조절할 수 있다는 것이다. 아직 미쳐 있지 않으면 이성은 동작한다.

회피형의 남자 vs 집착형의 여자

연애, 부부생활을 행복하게 할 수 있는 방법

1단계_서로의 필요를 채워줘라.

남자는 여자에게 자신이 무엇을 하기 전에 무엇을 할 것인지를 알려줘라. 이 행동은 남자가 여자를 존중하고 인정하고 있다는 표현이다. 여자는 남자에게 선택권을 줘라.

지금 말할 수 있어? 아니면 1시간 후에 대화할까?

2단계_뿌리를 찾아라.

자신이 왜 이런 애착 유형을 가졌는지 그 뿌리가 무엇인지 혼자 겸손하게 생각해라. 뿌리를 아는 것만으로 현재 애착유형에서 벗어나는 데 큰 도움이 된다.

여자는 수다로 남자를 질리게 하고

남자는 침묵으로 여자를 오해하게 한다.

•

여자의 수다를 연애 아주 초반을 제외하고 들어줄 수 있는 남자는 없다. 그래서 여자는 친구가 반드시 필요하다. 연애 때나 결혼 후에도 그들은 수다를 떨어야 남자에게 수다 떨고 싶은 마음이 줄어든다. 이 말은 남자에게 수다를 떨지 말라는 것이 아니다. 오해하지 마라. 친구 없는 여자가 결혼하면 남편이 퇴근하기만을 기다린다. 그리고 하고 싶은 말을 모조리 다 해버린다. 그럼 남자는 즉시 지쳐버린다. 그렇기에 친구 관리를 잘 하거라. 남자는 화가 나든지 피곤하면 입을 다문다. 그게 남자다. 남자가 말을 하지 않을 때는 그냥 둬라. 데이트 중이라면 그냥 집에 보내라. 가장 좋은 것은 그런 예감이 드는 날에는 데이트를 하지 마라.

고칠 수 있는 사람이 아니라

나와의 차이를 받아들일 수 있는 사람과 연애하고 결혼하는 것이다. 고쳐질 수 없다. 그러나 고칠 방법이 하나 있다.
그것 또한 너와 차이를 받아들이는 것.

•

사람을 고치려는 마음을 가지는 순간 불행은 시작된다. 고치려 하기보다는 올바른 방향으로 가게 할 수 있다. 그것은 상대를 있는 그대로 '수용'해버리는 것이다. 수용은 공감과 다르다. 공감에는 목적이 있다. 상대로부터 어떤 것을 얻으려는 마음이 아래 깔려있다. 그러나 수용은 상대의 있는 그 모습 그대로를 받아들이는 것이다. 성장 과정에서 '수용'을 경험한 자들은 나쁜 짓을 하더라도 금세 스스로 뉘우치고 돌아온다. 고치려고 하지 말고 '수용' 해줘라.
그것은 상당히 어렵지만 강력한 위력이 있다.

상대가 바람을 피울 사람인지 아닌지 계산 공식

바람피울 가능성은 아래 항목이 많을수록 높음

아빠가 바람을 피웠음

엄마가 바람을 피웠음

형제 중에 바람을 피웠음

과거 애인이 바람을 피워 배신당했음

자신이 바람을 피웠음

긴 연애를 못함

돈이 많음

외모가 좋음

몸매가 좋음

친구들 중에 날라리가 있음

남사친, 여사친이 많음

동창회, 동호회 등과 같은 모임을 중요시 함

혼자만의 자취생활을 함

지나가는 이성을 자주 쳐다 봄

혼자서도 클럽을 감

연락이 잘 안 됨

손에 잘 안 잡힘 (미꾸라지처럼)

옷에 신경을 많이 씀

인생의 꿈이 없음

책, 신문을 안 읽음

깊은 생각을 싫어함

감정 기복이 심함

마음에도 근육이 있다

평소 안 쓰는 근육을 써라. 처음에는 어렵지만 하다보면 자연스럽다. 그 근육을 단련시키지 않으면 빠르게 지쳐버린다.
예를 든다.

하루에 하는 연락의 빈도
사랑한다는 표현의 빈도
만났을 때 데이트 하는 시간의 양
애정표현의 양 그리고 방법
대화의 주제
데이트 장소
분명히 말한다.
노력하지 않고 늘 그 모양으로 사랑이 유지될 것 같으냐.
꿈이 크다.

여자와 의사소통이 안 되는 남자에게 바친다

아래 착한 남자처럼 해라. 왜 이렇게 해야 하는지 묻지 마라. 그냥 해라.

여자 : 오늘 너무 우울하다.

바보 남자 : 왜?

착한 남자 : 오늘 너무 우울하구나.

여자 : 오늘 xx 먹고 싶다.

바보 남자 : 또?

착한 남자 : 오늘 xx 먹고 싶구나.

여자의 말을 그대로 따라만 해도 된다.

•

이 글을 읽고 왜 이렇게 해야 하는지 모르는 남자라면 너희는 심각하다. 여자를 모르는 연애는 너에게 고통과 상처만 남길 뿐이다. 수십 권의 책보다 자격증보다 여자의 마음을 이해하려는 그 노력이 너희의 인생에 더 큰 의미가 있다.

버려야 할 사람인데 버리지 못한다는 것은

네가 갈 곳이 없고 또한 너의 미련이 잡고 있는 것이다. 이런 아주 지랄 같은 여자의 감정, 정상적인 여자는 이성과 감정에 균형이 있다. 그러나 버리지 못하는 여자는 감정 속에 손톱만한 이성이 존재한다. 그래서 감정 파도에 파묻혀서 이성을 꺼내지 못한다.

죽도록 울어라. 그렇게 하면 이성이 수면 위로 올라온다.

할 수 있겠냐. 어!! 단, 미혼만 해당

•

본인 또는 상대에게 심리적인 문제가 있다면 심리치료, 부부 상담을 받아서 치료를 해야 한다. 심한 갈등은 너희들이 해결할 수 없다. 한다고 해도 수십 년의 세월이 걸린다.

애인이 욕을 합니다

애인이 물건을 집어 던집니다. 그러나 저는 그 사람을 떠나지 못합니다. 내가 이유를 알려주마. 그 모습들이 낯설지 않기 때문이다. 그리고 그것과 싸워서 이겨내는 사람을 보지 못해서 그런 것이다. 멍청한 짓 하지 말고 아래와 같이 해라.

첫째_정중하게 하지 말라고 말해라. 대부분 듣지 않을 것이다.
둘째_듣지 않는다면 , 단호하게 혼을 내어라.
셋째_그래도 변화되지 않는다면, 경찰에 신고해라.
넷째_버려라. 인간이 아니다.

네가 고칠 수 있는 범위에서 떠났다.

중증 애정결핍증

사랑을 확인받기 위해 미친 듯이 섹스를 요구 또는 잘 때 상대의 그것을 손에 쥐고 잔다. 왜냐고? 그게 상대에게 아주 중요한 것이기에 무의식적으로 상대의 모든 것을 가지려고 하는 병든 행위이다.

•

애정결핍은 무섭다. 이들은 심리치료를 반드시 받으면서 연애 또는 치료를 마치고 연애를 해야 한다. 상대가 이런 자라면 치료를 받을 것을 강력하게 요청하고 받아들여지지 않는다면 즉시 버려야 한다. 그것이 너희가 사는 길이다.

남자는 미래를 산다

여자는 현재를 산다. 남자는 미래를 위해 현재가 있고 여자는 현재를 위해 과거가 있다.
남녀의 차이는 바로 이것 때문에 생긴다. 대화방식, 사고방식 등 모든 것이 다르다.

•

이 사실을 많이들 모른다. 이것이 남자와 여자의 근본 차이다.
여자가 싸울 때 과거를 모두 끄집어내려고 하는 것도 남자가 싸울 때는 과거에 대한 말을 듣기 싫어하는 것도 바로 이 이유 때문이다.

권태기에 대한 오해

주식은 가격 변동이 커야 인기가 있다. 만약 변동이 없다면 누구도 그 주식을 사지 않는다.
변동이 없으면 가격이 오를 기대가 없기 때문이다. 연애 초반 불안이 바로 주식의 변동과 같은 것이다. 어느 정도 불안해야 그것이 마음을 격동시켜서 진지하게 만든다.
시간이 지나 서로가 이제 하나가 되어 갈 때는 우리는 변동이 서서히 줄어든다.
이것은 긴 시간 서로 다져져서 그런 것이다. 이건 권태기가 아니다. 제발 이것을 권태기로 여긴다면 이 세상 모두는 헤어져야 한다. 잘못된 지식은 낭패를 부른다. 권태기에 있는 자들이 거기에서 벗어나려면 한 단계 더 성숙한 그 자리로 가야 한다. 그것은 서로 좀 더 희생하고, 존중하고, 아껴주고, 상대의 꿈에 관심 그것이 바로 인간이 연애를 통해 성장하고 성숙 할 수 있는 방법이다. 기분 잡치면 버리는 싸구려 연애에서 이제 벗어나라.

•

권태기에 속지 마라. 그것은 이제 성숙한 사랑에 진입해야 할 때임을 알려주는 신호이다.

남자는 일이 있어야 자신의 존재 가치를 느껴

건강한 사랑을 줄 수 있고 여자는 사랑을 받아야 일이 손에 잡힌다. 일이 없는 또는 일에 치여 사는 남자에게 여자는 버리든지 기다려주든지 해야지 사랑을 갈구하면 끝.
남자는 사랑을 먼저 주지 않고 다른 요구를 하면 끝.

•

인간에게는 기본 욕구가 있다. 이것이 충족되지 않고서는 사랑은 어렵다.

사랑스런 행동을 할 때는

개나 돼지도 사랑을 줄 수 있다. 그러나 그렇지 못할 때 사랑할 수 있냐.
사실 그때가 가장 사랑이 필요할 때이다.

널 사랑한다고 말하고

어떤 노력도 하지 않는 그 사람을 버려라. 남자의 사랑이 식어 버리면 다시 타오르지 않는다.
여자와 다르다. 알겠느냐.

•

여자는 보통 서서히 사랑이 타오른다. 반면에 남자는 초반에 사랑이 최대치이다. 그리고 여자가 몸과 마음을 줄수록 이제 서서히 줄어든다. 여자들 중에 "나는 초반에 확 타오른다."라고 말하는 자들이 있다. 이런 여자들은 자신을 이렇게 만든 과거에 어떤 사건이 있었기 때문이다.

연애를 잘하는 방법

상대가 수상하다. 즉시 물어라. 그리고 24시간 안에 확실하게 의심을 해결해라.
만약 24시간 안에 확신을 주지 않는다면 그만 둬라. 연애를 아주 잘하는 것들은 이와 같이 한다. 연애에 의심이 들어가는 순간 끝이다.

●
의심은 반드시 나중에 문제로 나타난다. 초반에 해결해라.
상대가 그 의심을 해결해주지 않는다면 만나서는 안 될 사람임을 나타내는 것이니 그만둬라.

남자가 오늘따라 말이 별로 없다

여자는 자기를 사랑하지 않는 것 같다는 느낌을 받을 수 있다. 이 이유로 남자를 압박할 생각 버려라. 어!! 그렇게 하면 남자는 더 말을 하지 않는다. 컨디션이 항상 좋을 수 없다. 사랑과 별개이니 그냥 남자의 침묵에 너도 한번쯤은 동참해라.

●

남녀의 차이를 알면 서로를 이해하고 다루기가 편하다.

내가 주는 것보다

받는 게 부족하다고 느낀다는 건 자신의 사랑이 떠나고 있다는 경고이다.
사랑은 주는 것이다. 그게 되지 않으면 연애는 늘 고통이다.

•

하나를 주었는데 하나를 주지 않냐.
그럼 두개를 줘라. 그래도 주지 않더냐.
그럼 세 개를 줘라. 그래도 주지 않더냐.
....
그럼 열개를 줘라. 그래도 주지 않더냐.
많이 지쳤지. 헤어져라. 너의 짝이 아닌 게 아니라 인간이 아니다. 버리기 전에 열 번은 줘 보아라. 그것은 두 가지 이유 때문에 필요하다.
첫째, 그 사람에 대한 너의 사랑이며 둘째, 버리기 위한 명분이다.

연락을 기다리게 한다는 건

너에게 관심이 없든지 밀당이다. 근데 말이다. 썸, 연애 초반 연락을 기다리게 하는 건 너에게 관심이 없다는 증거다.

●

앞에서 말했다. 밀당을 한다는 것은 자기감정을 조절할 수 있다는 것이고 감정을 조절할 수 있다는 것은 너에게 크게 관심이 없다는 뜻이다. 이런 건 있을 수 있다. 여자는 남자에게 밀당을 해야 한다. 그것은 남자의 열정을 계속적으로 타오르게 하기 위해서 필연적인 것이다. 여자가 밀당을 하더라도 잘해야 한다. 그래서 연애를 길게 한다는 것이 어려운 것이다.

넌 진심으로 사랑을 준 것이 맞을 거야

근데 왜 상대가 부담을 느끼고 떠나려 할까? 그건 네가 너의 사랑이 고픈 만큼 주었기 때문이다. 상대가 고픈 만큼 줘라. 그래야 상대는 사랑을 느낀다.

•

사랑은 자기만족, 자기 결핍을 채우려는 행동에 앞서 상대의 필요를 채워주는 것이다. 사랑은 주는 것이다. 그래서 받은 사랑의 양이 적은 사람은 연애가 어렵다.

위로한다는 것은

나의 기준이 아니라 철저히 상대의 기준이다. 상대가 충분한 위로를 받지 못했다면 그건 받지 못한 것이다. 따라서 위로는 상대가 충분히 위로받았다고 여길 때까지 하는 것이다.
이것을 하지 못해 끝나는 커플이 아주 많다.

•

연애와 부부생활은 자기 고집, 욕심, 기준을 꺾는 과정이다. 그 과정을 거쳐야 사랑을 행복을 맛볼 수 있다. 그 고된 시간이 지나야 나무는 열매를 맺는다.

사랑하면 외로운 이유는

내 뜻대로 상대가 반응하지 않기 때문이야. 어때. 간단하지.

•

그 뜻이 뭐냐. 그냥 두라는 거다.

받아들일 수 없다면 버려야 한다. 내가 늘 말하잖아.

결혼 전에 10~20명 만나야 한다고. 한 명에게 올인하지마라. 자기를 사랑하는 사람은 그렇게 하지 않아.

여자는 남자의 감정을 느낌만으로 알 수 있다

그러나, 남자는 여자의 감정을 말해 줘야 안다.

•

나에게 이런 질문을 하는 여자가 많다.

"그런 건 당연히 알아야 되는 거 아닌가요? 꼭 말로 해야 하나요?"

그래. 말을 해야 안다. 말을 하지 않으면 남자는 못 알아듣는다. 그건 남자가 이상해서가 아니다. 그게 남자다.
말을 해줘라. 네가 무엇 때문에 속상했고 무엇을 원하는지를 구체적으로 말해줘라. 바람둥이 또는 유부남이 아니고서는 그런 것을 잘 알 수 없다.

건강한 커플 또는 부부는

문제가 있으면 싸우고 48시간 내 합의점을 찾는다. 건강하지 못한 그들은 침묵과 단절을 선택한다. 합의점을 찾으려고 노력하지 않는 사람과 연애를 시작도 하지 마라.

•

가장 이상적인 커플이다.
연애 중 싸움을 해야 한다. 이때 싸움은 서로가 어떻게 싸워야 하는지를 맞추는 과정이다. 만약 이때 그냥 한쪽이 또는 둘 다 참아버리고 넘어가버린다면 결혼해서 감당하지 못할 것이다. 반드시 찾아라.

남자에게 바친다

여자는 남자에게 없는 사랑 탱크가 있다.
그것은 너에게 상처를 받으면 줄어든다. 그런데 네가 말과 행동으로 위로해주면 그 상처는 사랑의 에너지로 바뀌어 사랑 탱크가 차오른다. 여자의 사랑 탱크를 방치하면 탱크는 빠르게 줄어버리고 텅 비어버리는 순간 끝이다.
지금 너의 사랑스런 여자가 아파한다면 지금 바로 달려가서 조용히 미안하다 하고 안아줘라.

그렇게 해라. 여자는 약하다. 강한 척 할뿐이다. 여자는 여자다.

사랑은

이기는 것도 이기려하는 것도 지는 것도 져주려하는 것도 아니다. 서로가 상한 기분을 눈치 보지 않고 말할 수 있고 또한 들을 수 있어야 한다. 그리고 서로가 조금씩 고쳐나가는 것이다. 무조건 참고 져주는 것은 회피이자 무책임한 행동이다. 그것이 반복되면 사랑은 소리 없이 사라지고 만다.

사랑은 서로의 '진실된 자기 고백'과
'조금씩의 변화'를 먹고 자란다.

연애 중에 여자는 남자로부터 관심을 받으면

받을수록 좋아하지만 남자는 여자로부터 너무 많은 배려와 관심을 받으면 여자에게 등을 돌리게 하는 이유가 될 수 있다. 남자는 그것을 자신을 보호하려 든다고 느낀다.

남자는 여자를 지켜주면서 사랑을 느낀다.

어떤 문제로 화를 내었다면

24시간은 그 상태를 유지하라. 너무 빨리 화해를 해버린다면 상대는 너를 가벼운 사람으로 볼 수 있다. 하루 정도는 충분히 너의 분노에 대해 상대가 생각하게 해라.

남자는 인정의 말을 듣고 싶어 한다

"잘한다. 잘한다. 참 잘한다."

"그래. 그렇구나. 와 정말?"

여자는 이런 공감의 말을 듣고 싶어 한다. 여자가 공감을 받고 싶으면 인정의 말을 먼저 하면 되고 남자가 인정의 말을 듣고 싶으면 공감의 말을 먼저 하면 된다.

"그 사람이 먼저 해야 저는 할 것입니다."

정신 차려라. 네가 먼저 해라. 왜냐면 네가 이 글을 먼저 보았으니 너희들이 이렇게 하려고 노력해라. 그러면 싸울 일은 거의 없다.

연락 기다리게 하지 마라

연락 못 할 것 같으면 아침부터 말을 해라. 괜히 사람 기다리게 하지 마라.

연락 매너는 하나다. 상대를 기다리게 하지 않는 것.

그것만 잘해도 싸울 일 별로 없다. 알겠냐. 알겠냐고.

●

이것을 배려라고 한다. 어!!

남친이나 남편은 아빠가 아니다

여친이나 아내는 엄마가 아니다. 그러나 우리는 서로에게 실제 엄마, 아빠 이상의 상을 기대한다. 그래서 전쟁이 시작된다. 그 기대를 뜯어 먹어라.

•

마음이 건강한 사람은 상대가 자신의 이상형과 조금 달라도 만날 수 있지만 그렇지 못한 사람은 어떤 상에 잡혀서 살아가는 사람도 있다.

욱하고 욕하는

상대를 자기 뜻대로 해야 직성이 풀리는…
답장이 빨리 오지 않으면 참지 못하는…
이성이 없으면 외로워서 못 견디고, 불안한…

미안하다. 너희는 이 버릇을 고치지 않는 이상 연애나 사람을 통해 행복은 결코 얻지 못한다. 결단코!! 어쩌면 네가 지금 연애를 하려는 이유는 사랑을 위해서가 아니라 너 스스로 혼자 살기에 자신이 없어서 의지할 누군가를 필요로 하는 것이다.

이 사람 바뀔 거야

'내가 고칠 수 있어. 해볼 테야.'
마음은 참 예쁘구나. 그러나 고치지 못하고 너의 한계만 느낄 것이다. 사람은 고치는 게 아니라 받아들이는 것이다. 그러나 받아들이는 게 힘들면 거기까지인 거야. 굳이 안 그래도 된다.

•

연애에 이렇게 심하게 매달리는 사람이 있다. 어떻게 해서든 변화될 것이라고 기대를 하면서. 얘들아!! 사람은 본인 스스로 마음속에서 자신의 잘못을 깨닫고 반성하고 다시는 하지 않겠다는 진지한 다짐의 과정을 거치지 않고서는 결코 변화되지 않는다.
나와 상담 중인 50대 남자가 있다. 결혼도 3번 실패하고 사업도 잘 나가다가 망하고 자식도 떠나고 사기도 많이 당해서 이제는 1평짜리 골방에 혼자 있다. 이 사람은 아직도 자신의 잘못을 뉘우치지 않고 남 탓만 한다. 난 이 사람에게 늘 이런 말을 한다. "당신의 아가리 근육의 그 힘이 모조리 꺾이지 않은 한 당신은 고쳐지지 못할 것입니다. 철저한 자기반성의 과정을 거쳐야 당신은 자유를, 치유를 경험하게 될 것입니다."

남자에게 매달리지 마라

매달린다는 것 자체가 남자는 이미 너에게 마음이 식어가고 있다는 것이고 그것을 너의 몸이 알아차려서 그런 것이다. 이것이 더 나쁜 건 매달릴수록 사냥꾼 유전자를 지닌 남자 입장에서는 더더욱 매력을 느끼지 못하고 호기심이 떨어져 버린다.

이 사람이 왜 다정하게

대하다가 갑자기 잘 안 해줘요.

모르겠니? 엄마가 아닌데 어떻게 계속 잘해줘???

다 잡은 고기면 이제 잘 안 해주는 거야. 그래서 여자는 처음부터 확~~~~ 잡히면 안 되는 거야.

•

항상 여지를 주어라. 그것을 차지하려고 남자는 계속 너에게 집중을 할 것이다. 그 여지는 결혼 전까지는 목숨을 걸고 남겨 둬야 한다. 연애가 그렇게 어려운 것이다.

크리스마스 다음으로

명절날 많은 커플들이 깨진다. 각별히 조심해라. 차라리 명절 지나고 만나라.

•

특별한 날에는 특별한 무언가를 기대한다.

여자 왈 "당신은 날 사랑하지 않아."

이 말은
"오늘 마음이 불안하고 우울해. '너에게 사랑해'라는 말 듣고 싶어. 날 위로해주고 안아줘."이다. 그러나 남자는 여자의 이 감정표현을 사실로 이해하고 따진다. 죽도록 싸우고 울고 뉘우치고 그 후에 운이 좋으면 남자는 여자의 말을 이해한다. 여자의 말은 대부분 '감정표현'이다. 그것은 남자가 볼 때 '시'와 같다. 남자의 말은 '사실 전달'을 위함이다.
이 차이가 커플과 부부 간의 모든 갈등과 다툼의 이유다.

남친이 많이 화가 났다

그리고 연락이 없다. 여자가 할 수 있는 최선은 절대 연락하지 않고 기다리는 것. 이보다 좋은 방법은 없다. 여자의 연락은 전혀 도움이 되지 않는다. 미련이 코딱지만큼 있다면 슬며시 남자가 찾아온다.

•

이렇게 할 수 있는 여자가 많지 않다. 그러나 이것이 최선이다.

연애

|

이별과 상처

연애를 잘하는 방법은

만나면 안 되는 인간이라는 것을 발견한 즉시 끝내는 것이다. 여기서 버리지 못하기에 너희가 상처를 받아서 현재 연애도 다음 연애도 개판 치는 것이다. 알겠느냐. 답 안 나오는 인간에게 기대하지 마라. 가족이 아니다. 남이다. 몇 번을 말하냐.

•

많은 이들이 나에게 묻는다.

"연애를 잘하는 방법이 무엇인가요?" 나는 항상 이렇게 말한다. "아닌 사람을 즉시 버릴 수 있는 것" 나를 사랑한다는 증거는 나를 괴롭히는 그 사람을 잘라 버리는 것이다.

여자가 남자에게

싸늘하게 등을 돌려버리는 것은 다 울었기 때문이다. 죽어도 돌아가지 않는다.

•

여자는 한 남자를 위해 울어줄 수 있는 눈물의 양이 존재한다. 그것은 여자라면 누구나 다 그렇다. 특별히 유교 문화권, 자신의 종교적 신념에 의해 그 눈물의 양이 바닥이 나도 견디는 사람도 있지만 대부분 여자는 그 양이 존재한다.
여자가 그 양을 모조리 흘러버리면 이제 여자는 죽은 나무가 되어버린다. 남자가 예전에 알던 그 사람이 아니라는 것이다. 완전히 다른 사람이 된 것이다. 이때 여자는 그 남자를 대할 때 아무런 감정의 역동이 없다. 그 남자에게서만 그녀는 이제 나무다. 되살아나는 건 불가능이다. 왜냐고 묻지 마라.
내가 유일하게 받지 않는 상담은 이미 나무가 된 상태에서 방법을 알려달라는 요청이다. 너의 잘못을 깊이 반성하고 다음 연애 때는 반복하지 마라. 헤어질 때만이라도 배려의 마음으로 편하게 보내주어라.

여자는 태생이 사랑이다

남자에게 변하지 않는 사랑을 계속 받는다면 조건은 보지 않는다. 그러나 왜 여자가 조건을 보는지 아니? 기분이 나쁜 사람들도 있을 것이다. 그러나 팩트다. 그것은 바로 너희 사랑에 대한 신뢰가 깨어졌기 때문이다. 사랑(부모, 전 애인)에 배신을 많이 당한 여자는 사랑을 포기하고 조건을 선택한다. 이게 얼마나 슬픈 건지 너희는 모를 거야.

•

이 말이 너희의 마음에 많이 부딪치거나 인정하지 못하겠다면 내가 제안한다. 3일 정도 왜 내가 이 글을 인정할 수 없는지 깊이 너의 과거와 대화하거라. 대화를 했는데도 너의 주장이 맞다면 나를 가차 없이 비난해라. 여자는 사랑으로 태어났고 사랑을 먹고 산다. 사랑을 먹지 못하는 여자는 다른 것으로 채워 넣는다. 반드시.

헤어지자는 남자에 대한 행동 수칙

단, 여자가 잘못을 하지 않은 경우에만 해당.
아래 3가지를 반드시 해라.

1_절대 2주간 연락하지 마라. 죽어도.
만약 연락이 와서 만나자고 하면 역시 부드럽게 웃으면서 지금 바쁘니 나중에 연락하자고 하고 끊어라.

2_너의 모든 SNS 활동도 정상적으로 해라. 슬프다고 SNS 활동을 끊고 그러지 마라. 그런 행동은 상대에게 혼란을 주는 것이 아니라 오히려 너를 만만하게 볼 여지를 주는 것이다. 이럴 때일수록 더욱 당당해라. 그래야 상대를 괴롭힐 수 있다.

3_죽도록 힘들고 연락하고 싶어도 참아라. 이 악물고.
남자는 너의 예상치 못한 행동들 때문에 혼란이 와서 미칠 것이다.

만약 2주 안에 아무런 연락이 없다면 끝내라. 딱 한번 만나 네가 후회하지 않을 만큼 욕을 퍼붓고 헤어지자고 한 그 이유를 듣고 집에 와라. 집에 와서 두 번을 크게 울어라. 첫 번째 울음은 너무 슬프고 아파서 울어라. 두 번째 울음은 더 좋은 남자 만나서 복수하겠다는 다짐으로 울어라. 그래야 너의 상처가 길게 가지 않는다.

●

상처가 누적되지 않으려면 그 전에 청소를 하는 것이다. 현명하고 멋있는 여자는 이렇게 산다.

이별할 때 보이는 그 모습이 진짜 모습이고

연애 중에 보이는 그 모습, 그 달콤한 감미로움 그 설렘이 진짜로 보이니? 그래.
좋아하니 나오는 모습은 맞아. 그러나 진짜 실체는 이별할 그 즈음에 송두리째 드러난다. 진짜 널 사랑했고 좋은 사람은 헤어질 때도 아파하는 널 충분히 달래주고 떠난다.
도망치듯 가지 않아!!

•

상대의 진짜 모습은 이별 과정, 이별 후에 그대로 나타난다.우리의 무의식에는 우리의 진짜가 있다. 그 모습을 연애 초반 중에는 의식의 힘으로 숨긴다. 아니. 숨길 수 있다. 그러나 의식의 힘을 쓰지 않을 때는 거침없이 본 모습이 나타난다. 술이 아주 취해 있을 때나 이별과정 그때가 바로 진실의 모습을 보는 순간이다.

이별 후

분명히 이유가 있을 것이다. 만약 너의 작은 잘못이었는데 상대가 널 버렸다면 잘 된 것이다.
그 정도 밖에 안 되는 인간 만나보았자 전혀 영양가 없다. 그러나 너의 큰 잘못이었다면 3일만 울고 괴로워하고 반성의 시간을 충분히 가져라. 그러는 중에 2주 안에 연락 오면 만나고 연락이 안 오면 깨끗이 차단하고 잊어라.
그리고 다시는 그런 잘못을 저지르지 마라.
그것이 성장하는 것이다.

•

사람마다 수준이라는 것이 있다. 여기서 수준은 상대를 감당할 수 있는 양의 정도라고 하자. 그 양이 적은 사람들은 더 많은 경험(연애, 인간관계, 자기 고뇌)이 필요하다. 그렇기에 네가 붙잡으려고 해도 어쩔 수가 없다. 초등학생이 어찌 수학능력문제를 풀 수 있겠냐. 2주가 지나도 연락이 없으면 그만해라.
거기까지다. 그리고 너에게 투자해라. 너를 처절하게 반성하고 다시 업그레이드 되도록 이별은 아프지만 자신이 성장할 수 있는 좋은 기회이다.

바람기 있는 남자가 가장 좋아하는 여자

남자아이는 여자아이와 달리 움직이는 장난감을 좋아한다. 즉, 움직이는 '반응'에 남자는 미친다. 바람둥이는 상처 많은 여자를 노린다. 상처가 많아 조금만 건드리면 다양한 '반응'이 쏟아져 나오기에. 열 받는 건 그렇게 당한 여자는 또 상처가 누적되고 또 버림받아서 또 그 놈들에게 걸려든다. 죽일 놈들, 너희는 반드시 지옥에 간다. 못 가면 내가 가서 데려 온다.

•

연애는 지식이 없이 경험으로만 한다면 낭패를 본다.
왜냐하면 그 경험이 안 좋은 경우라면 여자의 상처는 여자의 이성·감정을 모조리 찢어놓기 때문이다. 이 상태에서 경험적 지식이 있더라도 여자는 경험을 지혜로운 행동으로 나타내지 못한다. 그렇기에 남자와 여자에 대한 심리적 지식이 있어야 한다. 그것이 연애를 지킨다.

여자가 잔소리할 때, 울 때가 기회다

그게 멈추면 절대 돌아오지 않는다. 여자는 남자와 다르다. 감정이 떠난 여자는 죽은 나무다.

•

슬픈 것은 여자의 잔소리, 눈물은 남자에게 주는 기회라는 것을 남자는 모른다. 남자는 여자의 그 모습에 스트레스를 느낀다. 그리고 그 상황에서 도망치려고 한다. 이것을 이겨내야 한다. 왜냐하면 그것이 그 여자의 마지막 몸부림일 수 있기에. 그것은 양이 있다. 그게 바닥이 나는 순간 여자는 죽어버린 나무가 된다. 죽어도 돌아가지 않는다.

숨겨 왔던 내 진짜 모습

가난, 무능력, 학대경험, 썩은 자존감.

연인이 되어 믿음이 가면 보상받으려고 모조리 꺼내려고 한다. 상대는 얼마 지나 질려서 도망간다. 네 속에 있는 미해결 과제는 너 혼자 해결해라. 상대는 절대 동참을 원하지 않는다.

•

연애, 결혼 전에 미해결 과제는 해결되어야 한다.

그것을 그냥 둔다면 반드시 큰 불행을 맞이하게 되어 있다. 현재 연애 중이거나 결혼을 한 상태라면 미해결 과제를 고치기 위해 검증된 상담센터를 꼭 가거라. 그리고 상대에게도 그 사실을 알려라.

연애는 나에게 줄 사랑과

내가 줄 사랑이 믿어질 때. 결혼은 사람이 믿어질 때. 중요한 건 연애를 많이 해서 사랑을 믿어도 사랑에 속아도 봐야 믿을 사람인지 볼 안목이 생긴다. 연애를 많이 하거라. 가리지 말고. 돌아이도 만나봐야 돌아이가 무엇인지 안다. 다 경험이니 절대 상처로 남기지 마라.

•

과정이 있어야 결과가 있다. 연애는 과정이고 결혼은 결과이다.

떠난 사람 자꾸 기억에 쥐고 있으면

새로운 사람이 안 온다. 놓아줘라. 연애 그렇게 하는 거 아니다. 사랑이 식었으면 연애는 끝난 것이다. 결혼 전 연애에 목숨 걸지 마라.

●

연애를 많이 한 사람은 결혼생활이 그렇게 어렵지 않다. 이미 남자를 여자를 많이 알았기 때문이다. 결혼은 책임감으로 버티는 것이지만 연애는 아니다.

여자는 남자에게 받은 상처를

계속 쌓아둔다. 임계치가 오기 전까지 몇 번 또는 많은 신호를 직, 간접적으로 보낸다.
남자는 그것을 알아차리지 못한다. 그리고 상처는 또 쌓인다. 드디어 임계치에 왔다. 이제 여자는 나무로 변한다. 불행히도 남자는 매달린다. 아니 울면서 절규한다. 그러나 여자는 그 모습에 아무런 감흥이 없다. 나무는 그런 것을 느끼지 못하기에 나무가 되면 남자가 이 세상에서 할 수 있는 그 무엇을 해도 여자는 결코 돌아오지 않는다.
너에게 잔소리, 침묵, 눈물 이것들이 모두 신호이다. 그 신호를 그 애절한 신호를 보낼 때 마지막이 다가오고 있음을 간파해라. 마지막 때에는 울어도, 통곡해도 아무런 소용이 없다.

•

제발... 이 말을 새겨들어라.
나무는 절대 사람이 되지 못한다. 절대! 결코! 정말로! 진실로!

희생이 없이 생긴 사랑이 오래 가지 못하는 이유

미친듯이 싸우고 마지막이란 생각에 자신의 끝을 보여주고 집에 와서 예전에 나에게 했던 그 강력한 일들이 생각난다. 그리고 다시 한 번 맘을 고쳐먹는다. 만약 그런 애절한 역사가, 추억이, 사건이 없다면 너는 또는 상대는 회심을 할 이유와 힘이 없을 것이다. 그렇기에 희생의 피가 묻은 추억을 많이 만들어라. 그것이 위기가 찾아온 너희의 사랑을 지킬 것이다.

상대를 사랑해서 사랑하는 건지

아니면

- 나의 불안함을 없애기 위해
- 나의 애정결핍을 채우기 위해
- 나의 부끄러움을 숨기기 위한 브랜드로
- 나의 외로움을 떨치기 위해
- 나의 옛사랑과 이루지 못한 사랑의 완성을 하기 위해
- 나의 성 욕구를 분출하기 위해

얘들아. 너희가 지금 이 상태이기에 상대가 너의 요구를 들어주지 않으면 발악을 하게 되는 것이다.

•

행복한 연애는 나의 심리적 건강함으로 결정된다. 너무 깊게 생각하지 마라. 그러면 많이 슬퍼진다.

모든 연애의 시작은

누군가에 대한 '관심'에서 시작된다.
이 관심은 2가지에서 비롯된다.

첫째_나의 결핍을 채울 수 있는 무언가를 가진 사람
둘째_나의 결핍에 큰 이의를 가지지 않을 사람

부연하자면
전자의 경우 몸, 정신, 성격, 능력이 모두 좋은 사람이 인기가 많은 이유는 모든 이들의 결핍을 충족시켜주기 때문이다. 후자의 경우 자신이 억압받는 가정에서 주눅이 든 채 산 것이 한이 되어서 성인이 되어 자기가 주장을 강하게 해도 모두 받아 줄 수 있는 사람을 찾는다.
사랑이란 너희들이 아는 것처럼 그렇게 낭만적인 게 아니라 자신이 살아남기 위해 짝을 찾는 것이다.

널 버린 그 사람을 잊지 못하고

있다는 사실을 그 사람이 알면 더 자신감이 넘쳐 현재 만나는 사람과 연애를 도와주게 된다.

알겠냐! 복수는 널 잊는 그 사람을 잊는 거야.

사랑해도 가질 수 없는

사랑이 있습니다. 정말 사랑한다면 그 사람이 잘 되기를 바라세요. 내가 가져야만 한다는 생각을 버리세요. 가질 수 없는 사랑도 있습니다.

•

왜 꼭 그 사람을 가지고 싶은지 조용히 방 안에서 생각해보아라. 그 이유를 종이에 적어 보아라. 여러 번 읽어 보아라. 합당한 이유가 보이냐. 없을 것이다. 너의 마음을 종이에 적으면 감정이 사라지고 이성이 작동한다. 그럼 너는 올바른 생각을 하게 될 것이다.

재회는 여자가 남자에게 감정이 조금이라도

있을 때만 가능하다. 여기서 감정의 범위는
너에 대해 욕을 하는 것
너에 대해 짜증을 내는 것
너에 대해 원망하는 것
모두 포함한다. 여자는 감정이 남아있지 않으면 위의 행동 자체를 할 수 없다.

•

내가 늘 말하지만, 있을 때 잘해주는 것이다. 있을 때 사랑을 주는 것이다. 여자는 떠나면 돌아오지 않는다.

이제야 깨달은 것

이 세상에서 가장 중요한 때는 바로 지금이고 가장 중요한 사람은 바로 지금 내가 만나는 사람이다. 그리고 이 세상에서 가장 중요한 일은 바로 지금 내 옆에 있는 사람을 소중히 대하는 일이다.

•
젊을 때 이것을 깨달을 수만 있다면 큰 복이다.

매달리고 싶다면

첫째_상대에게 연락을 절대 하지 않고
둘째_너의 나쁜 버릇을 뼈저리게 반성하고
셋째_그 나쁜 버릇을 고쳐라.

더 좋은 사람이 너에게 매달릴 것이다.

●

연애를 거듭할수록 우리는 성장해야 한다. 성장이라는 것은 지난 연애에서 자기 문제를 깨닫고 반성하고 고치는 것이다. 여기에 집중해야 남는 게 있고 그렇지 않고 매달린다면 남는 것은 아무것도 없다. 너의 고집만 상처만 더 강해질 뿐이다.

결핍이 많은 사람은

사랑을 주기 어렵다.

이유는 결핍이 그들의 진짜 사랑을 덮고 있기에. 자녀를 학대하고 괴롭히는 부모가 왜 그러는지 아느냐. 그들에게도 진짜 사랑이 있다. 그러나 그들의 결핍이 모두 채워져야 그것이 나타난다. 심리적 결함이 많은 사람과는 연애는 어쩌면 불가능이다.

상대가 기혼자든 아니든

미친 듯이 달려드는 사람이 있다. 이들은 광자에너지(결핍, 불안, 상처)를 가지고 있다. 이 에너지는 상대의 혼을 빼앗아 버리기에 상대는 밀어내고 싶어도 당하고 만다. 정상인들에게서 전혀 경험해보지 못한 것이기에 이들은 목적을 달성하고 나서 즉시 식어버리든지 달아나버린다. 광자에너지에 당하는 사람이 많다.
조심해라. 그들은 살아있는 거머리다. 물리는 자들은 다음 연애도 정상적으로 하지 못한다.

•

초반에 남자의 열정도 정도가 있어야지 사랑한다고 무릎 꿇고 울면서 자기 마음을 받아달라고 애원하는 자들이 그들이다. 반드시 100일을 경험하고 마음을 줘라. 이런 자들은 100일 안에 너를 손아귀에 넣지 못하면 떠난다.

정신이 건강하고

자극적이지 않은 사람에게 매력을 느끼지 못하는 사람도 있다. 정상은 정상에게 비정상은 비정상에게 매력을 느낀다. 문제는 정상이 비정상을 만나서 심하게 물려버리면 비정상이 되어 버리고 그 후로는 정상을 만나도 싱거워서 연애를 하기 힘들어 한다.

*비정상 : 자극, 쾌락을 목적으로 연애를 하려는 사람 또는 광자

*광자 : 분노조절장애, 애정결핍증, 심한 조증, 심한 우울증, 애정표현 못하는 곰

•
비정상은 급하게 사랑을 이루려고 한다. 그것은 자기 삶에 대한 보상심리이다. 그래서 이들은 빨리 승부가 나기를 원한다. 이런 자들은 정상을 만나면 느리고 싱겁고 자극이 없어 매력을 전혀 못 느낀다.
호기심으로 별미로 정상에게 다가서 보지만 이내 상대에게 심한 그리고 더러운 상처를 남기고 아무런 가책도 없이 떠난다.

* 여기서 애정표현을 못하는 곰은 제외. 곰은 이렇게 할 의지가 없음.

극도의 우울증, 애정결핍증이 있는 사람은

썸 또는 연애 아주 초반에 디테일하게 챙겨준다. 그리고 섹스만이 목적인 사람은 썸이고 나발이고 바로 첫날에 대놓고 스킨십을 요구한다. 초반에 이렇게 너에게 다가온다면 십중팔구 그런 사람이다. 문제는 상처가 있든지 너무 외롭든지 오늘이 그날이든지 하면 이런 잡것들에게 그대로 넘어간다. 머리로는 알지만 그냥 넘어간다.
너희들이 이런 것을 모르니 늘 당하는 거다. 연애를 생각없이 하면 인생 금방 작살난다.

•

제발 조심해라. 광자는 무섭다. 이들이 주는 관심은 일반인이 주는 것과 비교가 되지 않아서 도망치기가 아주 어렵다.

여자의 기쁨에 참여하지

못하면 욕만 들어먹지만 여자의 슬픔과 고통에 참여를 못하면 되돌리지 못한다. 만약 혹시라도 그 슬픔과 고통을 무시한다면 예정된 이별이다.

•

여자는 눈물의 양이 있다. 울 때 그냥 두면 남아 있는 양도 줄어든다. 울 때 위로해주면 양은 줄지 않고 오히려 차오른다. 단호히 말한다. 여자의 눈물에 참여해라.

변기 물 내리듯 이별을 말하지 마라

아래처럼 해라.

첫째_내 감정과 기분을 상대에게 그대로 표현해라.
둘째_상대의 표정과 말을 들어라. 토 달지 말고, 욕하면 듣고 상대는 지금 제 정신이 아니다.
셋째_집에 돌아와 생각해라. 이별할 이유가 무엇이고 그것을 상대와 같이 고쳐나갈 수 있을 것인지.
이렇게 최소 2번을 해라. 오래 사귀었다면 3번.

●

이렇게 해야 상대도 강제이별 당하지 않아서 '상처' 받지 않고 너도 충분히 고민이라는 것을 했기에 이별해도 당당해진다.
꼭 이렇게 해라. 변기 물 내리듯 이별하지 마라. 인간답게 헤어져라. 그래야 좋은 사람이 붙는다. 인격이 양심이 썩은 자들은 절대 좋은 사람 못 만난다. 잘 헤어지는 자들이 좋은 자를 만난다.

더럽게 버려지고 뒤돌아서 집에 가는 길이냐

지금 많이 아프냐. 멈춰서라. 지금 이대로 집에 가면 앞으로 너에게 다가올 고통과 상처의 시간은 너무나 모질다. 네가 너를 사랑한다면 네가 너를 지켜야 한다. 어금니를 꽉 깨물어라.
주먹을 쥐어라. 뒤돌아서라. 그 사람에게 달려가라. 그대로 저주의 욕을 날려라. 이때 네가 미친 사람이 되어 욕을 퍼부어야 한다.

…

다했냐. 집으로 가라. 복수를 했기에 딱 한번 울어라. '다시는 그런 인간에게 당하지 않는다'라고 맹세하고 울어라. 그리고 닥치고 자거라. 복수를 했기에 다음날 네가 겪어야 했을 고통은 가고 없을 것이다.

연애의 도

사랑이 식었으면 솔직하게 즉시 말한다. 그리고 고쳐 나가기 위해 한 달 정도 노력한다. 그래도 안 된다면 상대를 어느 정도 위로해준다. 그리고 떠난다. 버리듯 이별하지 마라. 명예롭게 살아라.

•

좋은 여자, 좋은 남자 만나고 싶냐.
그럼 네가 먼저 좋은 사람이 되어야 한다. 좋은 사람은 상대의 입장을 배려하는 사람이다. 그냥 잠수이별 해버리면 상대는 혼자 고통을 감내해야 하고 그게 상처가 되어 다음 연애에 큰 지장을 가지게 된다. 그렇기에 충분히 몇 번 만나서 싫은 소리를 들어줘라. 그것이 힘들지만 그렇게 하는 것이 네 스스로를 당당하게 만든다. 자식은 부모가 하는 대로 따라하고 너의 마음은 네가 하는 대로 만들어진다.
멋있게 살아라.

네가 그리운 건 그 사람이 아니라

그때 너무 행복했던 네가 그리운 거야.
착각하지 말거라. 그래서 지금 그 사람이 다시 너 눈 앞에 와도 설렘은 없어.

●

이것을 잘 구별하지 못하는 사람이 많다.

남자는 친구와 소주로 여자를 잊고

여자는 새로운 남자를 만나면 과거의 남자를 모조리 잊는다. 만약 남자가 그래도 잊지 못했다면 소주를 덜 마신 것이고 여자가 그렇다면 현재 남자에게 사랑을 제대로 받지 못하고 있기 때문이다. 모두 그런 건 아니다.

한 눈에 서로 반해버린 연인이 있다

그냥 너무 좋아서... 그냥... 그냥... 좋기만 했다.

서서히 서로를 알고...

그런데 마지막에 미치도록 싸우고 나니 서로가 숨기고 싶은 과거가 너무 비슷하다는 것을 발견한다. 사실... 서로가 너무 첫눈에 반한 이유는 잠재되어 있던 나와 같은 아픔이 느껴졌기 때문이다. 보통 비정상적으로 한 순간에 뿅 가는 경우가 이렇다.

외로워서 이별하지 못한다면

너의 외로움, 괴로움, 우울함은 계속 심해질 뿐이다. 버려야 할 사람이라는 것을 너의 마음이 안다면 지금 버려라. 당장!
마음의 요구를 들어 주지 않기에 정신병이 걸리는 것이다.
알겠느냐.

이별의 결정적 징후

연락이 뜨문뜨문…
일주일간 네가 먼저 연락을 완전히 끊어라. 그 사이 아무런 연락이 없다면 끝내라.
사랑이 다 털린 사람은 버리는 것이지 기대하는 것이 아니다.
목숨 걸지 마라. 시간낭비다. 이미 다른 사냥감을 찾고 있을 테니.

•

이미 떠난 마음을 다시 회복시키려면 상당한 의지와 노력이 필요하다. 부부가 이혼 위기에서도 견딜 수 있는 것은 결혼이라는 제도와 자녀라는 존재 때문에 다시 마음을 잡을 수 있다. 그러나 미혼은 그렇지 않다.
자기 스스로가 이미 마음이 떠났다면 무엇으로 다시 마음을 되돌릴 수 있을까. 과연 그 힘의 원천이 있을까? 사실 없다. 그렇기에 버리는 것이 현명하다. 만약 그렇게 할 수 있는 사람이라면 부모에게 상당한 사랑과 신뢰를 받아 본 사람일 것이다.
그렇지 않고는 거의 불가능하다.

이별할 때 여자가 냉정하고 차갑지

왜 그런지 아니? 여자가 울면서 말할 때 들어주지 않았고 다 울어버렸으니 그런 거야.
여자가 독한 게 아니야. 울면서 말할 때 알아 들어라.

●

눈물을 다 흘린 여자는 돌아오지 않는다. 있을 때, 울어줄 때 정신을 차려라. 수많은 사람이 나에게 재회 상담을 요청한다. 나의 첫 질문은 이렇다
"그 여자가 다 운 것 같으냐?" 그렇다면 답은 없다. 죽어도.

상처가 많은 사람이 서로 만났다

피해자가 만나 가해자가 된다. 악순환의 반복.

아픈 사람은 아픈 사람을 계속 만난다. 그들은 서로를 이해할 수 있을 거라는 감정에 취해서 헛된 부질없는 꿈을 꾼다. 결국은 둘 다 같이 피 흘리며 죽는다. 문제는 상처가 많은 사람들은 일반인에게서 볼 수 없는 강한 중독적인 무언가가 있다.

동정심이 많은 사람

이들은 정말 착한 사람을 만나야지 나쁜 놈 만나면 작살난다. 왜냐하면 끝까지 기다려주거든. 언젠가는 달라지겠지. 그래서 이들은 반드시 착한 사람 만나야 한다.
안 그러면 인생 망친다.

•

동정심이 많은 사람은 연애, 결혼을 할 때 많이 위험하다. 나쁜 사람 또는 광자를 만난다면 그 사람의 인생은 처절하게 그들에게 짓밟혀 버리게 된다. 동정심을 가졌다는 것은 참 좋은 것이다. 그것은 불쌍한 사람들에게 가져야지 이성에게 가지는 것은 너무나 위험하다.

이별은 혼자의 삶을 인정하고 적응하는 과정이다

거기에 집중해라.

매달리고 원망하고 기대하고 그러는 시간이 아니다. 3일 신명나게 울고 괴로워하고 즉시 적응과정에 몰입해라.

•

신명나게 울려면 아주 안정적인 공간에서 울어야 한다. 아무에게도 방해받지 않는 그런 장소를 찾아라. 그리고 거기에서 미친 사람처럼 통곡하거라.

2

결혼

남 : 나와 결혼해줘.

여 : 난 음식도, 아무것도 할 줄 몰라요.

남 : 난 아내로서 널 원해. 하녀가 아닌.

많이 바빠도 바쁘다는

내색을 하지 않는 남자.
6개월간 일관되게 그 모습을 유지한다면 잡아라. 흠이 있어도 반드시 잡아라. 상위 0.5% 남자다. 이런 자와 결혼하면 넌 행복이 무엇인지 비로소 느끼게 된다.

•

여자가 결혼해서 현실을 살면 많은 난관이 있다. 시댁, 집구하는 것, 가정 살림, 돈, 저축, 출산, 육아 등 모든 것이 쉽지 않은 문제이다. 이때, 여자는 무엇으로 버틸 수 있을까.
바로 남편이다. 남편이 아내의 힘이 되어준다면 아내인 여자는 버틸 수 있다. 그런 남자인지 아닌지 알 수 있는 가장 좋은 것 중에 하나가 바로 많이 바빠도 내색하지 않는 남자이다.

그토록 싫어했던

자기를 학대한 아빠와 살아온 여자가 왜 그런 똑같은 부류의 남자와 만나 결혼하는지 아느냐. 아빠에게서 풍기는 그 분위기가 낯설지 않아서 편안함을 느끼기 때문이다.
학대의 경험이 있는 사람은 이 점을 반드시 유념하거라.

슬픈 말이다.

결혼을 할 때는 반드시

상대 부모를 최대한 많이 만나서 아래 사항을 점검해라.

첫째_부부가 서로 화목한지
둘째_부모가 자녀를 나이에 맞게 대하는지
셋째_부모가 자식을 통제할 수 있는지, 달리 말하면 자식이 부모의 말에 순종하는지
여기서 셋째를 간과하는 사람이 있다.
셋째가 중요한 이유는 배우자가 미친 행동을 할 때 즉시 상대 부모에게 도움을 청할 수 있다. 부모의 권위가 살아있는 경우 상대는 외도를 해도 빨리 돌아온다.

얘들아. 결혼 조건에 외모, 능력 그것보다 위의 것이 천 배, 만 배 중요하단다. 연애대장의 말을 들어라.

•

결혼에는 반드시 어느 정도의 돈은 필요하다. 작은 전세라도 구할 수 있는 돈 정도면 된다. 위의 3가지 조건이 되고 어느 정도의 최소 돈만 유지될 수 있다면 결혼해도 된다.

만약 그 이상의 욕심을 부린다면 너는 세상 욕심의 기준에 속아서 위의 3가지를 놓치게 될 것이다.
결혼은 지극히 현실이다. 네가 같이 살면서 풀어야 할 숙제가 아주 많다. 숙제가 많기에 갈등 또한 많다. 3가지가 있고 최소의 돈만 있다면 갈등을 쉽게 같이 풀어나갈 수 있다. 그 와중에 시간이 남아서 서로에게 더 집중할 수 있다. 능력, 돈, 외모 여기에 집중하면 중요한 것들은 보이지 않게 된다. 명심하거라.

결혼은 각자가 자기 위주로 살았던

그 생각을 박살내어 두 사람이 하나로 빚어져야지 끝까지 자기의 주장만 펼친다면 지옥이 무엇인지 불행이 무엇인지 뼈저리게 경험할 것이다.
좋은 짝은 얼마나 가졌냐. 얼마나 다정하냐가 아닌 얼마나 나와 연합을 빨리 할 수 있는 사람이냐이다. 이 말을 결혼 전에 너희가 이해할 수 있다면 하늘의 복이 될 것이다.

•

인본주의는 사람 중심 즉 자신을 중심으로 나의 행복을 1순위로 여기고 살아가게 만들고 그것을 당연한 것으로 여기게 한다. 자기 중심적 인본주의가 계속 되면 성장이 멈추고 결국 파멸한다. 성장하려면 가장 필요한 것이 바로 나의 고집을 꺾고 상대를 있는 그 모습으로 받아들이는 것이다. 단, 상대가 비윤리적, 광자적 행동을 계속 보인다면 그건 버려야 된다.

둘만의 시간에 몰입해야 한다. 이때는 남자, 여자가 서로에게만 집중해야 한다. 이 시간은 엄밀히 말해 남자가 여자에게 사랑을 듬뿍 줘야 한다. 왜냐하면 이때 받은 사랑으로 아기에게 사랑을 듬뿍 줄 수 있고 남자에게 받은 상처, 서러움, 외로움을 견딜 수 있다.
만약 이 시간에 아내를 개차반으로 대하면 엄마의 그 불안과 서러움은 고스란히 아이에게 전달된다. 내 말을 우습게 듣지 마라. 얘들아 지식이 없으면, 진리를 모르면 너희는 망한다.

•

여자는 남자에게 잔소리를 많이 한다. 그것은 채워지지 않았기 때문이다. 그래. 맞다. 남자는 여자가 원하는 공허함을 채워줄 수 없다. 채워줄 수는 없지만 반드시 해야 할 게 있다. 미혼이라면 감동적인 프러포즈, 기혼이라면 결혼 후 1년 이때 사랑을 아낌없이 줘야 한다. 전자에 대한 중요성은 많은 사람이 알고 있다. 그러나 슬프게도 후자의 중요성은 많이 모른다. 여자는 남자가 이 2가지만 잘해주면 다른 흠은 덮어줄 수 있다. 힘들 때 그 기억으로 살아갈 수 있다.

만나서 6개월 안에

결혼하는 경우가 많다. 절대 그러지 마라. 지금 상대의 그 모습은 거짓이다. 반드시 봄, 여름, 가을, 겨울을 경험해라.
진리다. 마음의 그리고 시간의 사계절을 경험해라.
봄, 여름에는 누구나 사랑을 할 수 있다.

너무나 사랑한다

항상 그 사람만 생각나고 보고 싶다. 그래. 그게 가능한 것은 현실이 완전히 배제되었기에 그렇다. 너희에게 현실의 문제가 주어진다면 이제 갈등이, 싸움이 벌어진다. 결혼은 이 싸움에서 이긴 자들이 하는 것이다. 싸움을 피하지 마라. 연애만 할 거면 안 싸워도 된다. 결혼을 생각한다면 반드시 죽도록 싸워야 한다. 싸움을 회피하든지 포기하는 자와는 결혼을 꿈도 꾸지 마라. 바로 이혼이다.

남 : 나와 결혼해줘

여 : 난 음식도, 아무것도 할 줄 몰라요.

남 : 난 아내로서 널 원해. 하녀가 아닌.

•

여자를 하녀 취급하던 아버지 세대의 유산을 조금이라도 가지고 있는 남자는 그 썩은 유산을 모조리 불태우지 않고서는 결코 결혼을 하면 안 된다.

연애할 때 예측되는 사람은

재미가 없을 수도 있다. 그러나, 결혼은 예측이 되는 사람과 해야 한다.

•

젊음은 역동적이다. 변화를 좋아한다. 그래서 선동에 잘 넘어간다. 그래. 다른 건 그렇게 해도 좋지만 결혼만은 그렇게 해서는 안 된다. 가족은 너를 지켜주는 곳이 되어야 한다.

연애할 때는 외모가 중요하다

남들에게 보여주기도 해야 하니까. 그러나 결혼은 연애와 완전히 다른 차원이다.
애 둘 키우고 먹고 살다 보면 외모가 아니라 같이 손발이 맞는 팀이 간절하게 필요함을 그때야 뼈저리게 느끼게 된다.

•

내가 늘 말한다. 결혼은 현실이다. 결혼한 즉시 낭만은 저 멀리 사라진다. 현실을 같이 이겨낼 선수를 찾아라. 연애를 신명하게 한 애들이 왜 결혼을 잘 하는지 아느냐. 이미 산전수전을 다 겪어 보았고 남자가 여자가 어떤 존재인지 인생이 무엇인지 간파해버렸기 때문이다.

상대가 어떤 사람인지 확실히 알 수 있는 방법

첫째_그 사람의 친구를 만나라. 한두 명이 아니라 최대한 많이 만나라.
둘째_그 사람의 가족을 만나라. 한두 명이 아니라 대부분을 만나라.

이것이 상대를 최단시간 알아내는 가장 현명하고 나이스한 방법이다. 이 과정을 거치지 않고 결혼해서 작살나는 사람이 대부분이다. 열매를 보면 뿌리를 알 수 있다.

남자의 '사랑해'라는 말은

너와 이제 연애를 하겠다는 뜻이다. 여자는 이것을 '사랑해'라는 말과 동일하다고 오해하지 말거라. 남자는 진실로 사랑하는 여자에게 지켜주겠다는 말 또는 행동을 보인다.
그게 남자의 사랑이다. 여기서 문제가 하나 있어. 아빠가 힘들게 돈을 벌지. 근데 엄마는 늘 외로워. 아빠는 돈을 버는 행동이 사랑인데, 엄마는 그것을 사랑으로 받아들이지 않으니 늘 외로워. 답은 남자가 결혼해서 돈도 벌고 여자가 느낄 수 있는 사랑도 주는 것이다. 그러나 남자는 돈을 벌기에 사랑표현을 다했다고 느끼기에 집에 오면 쉬고 싶어 해. 바로 이것이 결혼 후 갈등의 시작인 거야.

●

남자들은 이러한 사실에 대해서 깊이 생각하지 않고 무작정 결혼하면 정말 피똥 싼다.

두 사람이 하나가 되기 위해

서로에 대한 모든 것을 알아야 한다.

모든 것에는 '과거 상처', '과거 기억', '현재 고민', '미래 꿈' 이것을 말하고 들어줄 수 있어야 하나가 된다. 너희가 이런 상태가 되면 이 세상살이가 아무리 힘들고 모두가 너희를 비난해도 너희는 견딜 수 있다. 그 이유는 너를 표현(말)할 수 있는 한 사람이 있기 때문이다.

만약 이 사람이 너의 배우자라면 너는 더 바랄 게 없다. 나를 표현할 수 있는 단 한 사람만 있으면 죽음 가운데서도 살아난다. 그 기회를 초반부터 만들어라.

연애는 가지고 싶은 사람과,

결혼은 나를 변화시켜 줄 사람과 하거라. 이것을 잘 구별하여라. 가지고 싶기에 결혼을 선택하는 실수를 범하지 마라. 수많은 유부녀, 유부남들의 고통은 바로 여기에 있다.

•

가지고 싶은 사람은 가지고 나면 다음이 없기에 질려버린다. 질려버린 그 모습에 상대는 서서히 마음이 후퇴한다. 나를 변화시켜 줄 사람은 나로 하여금 질리게 하지 않는다.

결혼 적령기 사람에게

1년 이상 만나고 큰 하자가 없는데 너나 또는 상대가 준비가 아직...이라면서 결혼을 망설인다. 이것들아 그 준비는 10년이 지나도 똑같을 것이다. 결혼해서 같이 준비해라. 그게 결혼이다. 그 준비를 같이 못할 사람이라면 끝내라.

그 정도 수준의 사람이라면 험난한 결혼 여정 못 버틴다.

●

결혼 준비는 결혼을 하고 나서 해라.

시집가서 너무 고통스러워 미치겠어요

아 아 아~~~

내가 얼마나 말했니.

봄, 여름, 가을, 겨울 보내고 상대방과 그 집으로부터 주어진 너의 숙제가 감당하지 못할 것 같으면 결혼하면 지옥이라고.

이것들아. 왜 말을 안 듣니. 왜 왜 왜 결혼은 사랑으로 하는 게 아니다. 숙제가 많아도 남편이 너의 100% 편이 되고 숙제를 남편이 확실히 덜어준다면 그 남자가 결혼할 남자다.

•

숙제가 많아 보이냐. 그것을 감당하지 못할 것 같으냐.

그럼 멈춰라. 지옥의 문을 열지 마라. 숙제가 너무 많다면 그 속에서 사랑은 죽는다.

만난 지 한 달도 안 되었다

둘 중 한 명이 결혼하자는 말을 한다. 결혼을 서두르지 않으면 안 되는 이유가 있을 것이다. 반드시 확인해라.

그냥 사랑해서요. 놓치고 싶지 않아서요.

미쳤냐!! 봄, 여름, 가을, 겨울을 꼭 보내고 결혼을 논해라.

봄에는 누구나 결혼하고 싶어진다. 겨울에도 변치 않다면 너의 배우자다.

•

나와 상담하는 피맺힌 사람들 중에 절반은 만나서도, 결혼해서도 절대 안 되는 사람과 만나고 결혼해서 오는 사람들이다. 결혼을 잘 못하면 인생은 망한다.

결혼을 서두르지 마라

나이가 많아서 서둘러야겠어요. 미친 소리 하지 마라. 1년 버텨.
네 짝이면 1년 버틴다.
못 버티는 놈과 결혼한다면 너 분명 후회한다.

•

1년 동안에는 자신의 실체를 숨길 수 있다고 말했다!

사랑이 넘을 수 없는 것

서로의 다른 가정배경, 연애 때는 절대 모른다. 결혼하면 그게 얼마나 무서운지 뼈저리게 안다.

•

사랑한다. 결혼도 하고 싶다. 이런 마음이 들기 훨씬 전에 서로의 가정을 종종 찾아가라. 그리고 느껴라. 감당할 수 있겠다면 그때 결혼을 결심해라.

3

부부

부부생활을 하면서 견뎌내고 조금은 참아내고 그리고 왜 상대가 그러는지 이해해 보려고 노력하고 이러면서 우리는 어른이 된다.

부부가 평생 화목하게 사는 방법

무조건 1주 또는 2주에 한 번은 데이트를 해라. 그리고 그 정해진 시간에는 그 어떤 집안, 자식 걱정을 하면 안 된다. 오직 두 사람만의 시간이 되어야 한다. 그 시간은 서로 손을 잡을 수 있는 시간이며, 서로에 집중할 수 있는 시간이다. 이 시간이 없으면 부부는 행복하지 못한다. 이 시간을 삶의 최우선순위에 두어라.

•

'자녀가 있는데 그럴 시간이 어디 있냐. 그리고 자녀는 누구에게 맡기냐. 현실적으로 말이 되냐'라고 반문하는 사람들은 평생 그렇게 살아라. 변화를 주지 않으면 변화는 없다.

결혼하면 남편이 해야 할 1순위는

자신의 원 가족으로부터 아내를 지키는 것이다. 원 가족과 분리가 되지 않는다면 독립된 가정을 이루지 못한다. 그렇게 되면 건강한 가정을 이루지 못한다. 분리라는 것은 절단하라는 게 아니다. 간섭, 개입의 분리를 의미하는 것이다.

많은 사람들은, 특히 남자들은 이것을 모른다. 이것은 새 가정을 지켜주는 근간이며 뿌리이며 기본이다. 이것이 선행되지 않으면 파생되는 수많은 문제가 따라 온다. 이것을 경험으로 깨닫는다면 불행이다.

부모에게 말한다

너희가 아이를 택한 것이 아니다. 아이가 그 많은 엄마, 아빠 중에서 너를 택한 것이다.
잘 키워라. 네가 좋아서 온 아이니.

•

이 말은 사실이 아니다. 그러나 우리에게는 위기의 순간에 우리를 붙잡을 수 있는 말이 필요하다. 육아는 힘들다. 너무나도 힘들다. 자기 의지를 꺾어야 하기에 힘들다.
그때마다 이 말을 떠올려라.

남편의 의무

두 여자(자기 엄마, 아내) 사이에서 힘들다.

남편은 아내의 편에 서야 한다. 그리고 자기 엄마는 자신의 남편과 친해질 수 있도록 해야 한다. 남편은 아내의 남자이지 엄마의 남자나 남편이 아니다. 가정의 중심은 부부이다.

이게 질서이다. 이게 무너지면 가족에 위기가 찾아온다.

•

너무나 중요한 사실이다. 이것을 아는 남자가 많이 없다. 남자나 여자나 결혼하면 원가족과 분리는 필수이다. 새 가정에 집중해야 한다. 원가족은 명절날, 생일날만 만나라. 왜 시댁 때문에 아내들이 고통을 받는지 생각해보아라. 좋은 것이면 왜 고통이 따르겠냐. 좋은 것이 아니기에 고통이 존재하는 것이다.

자녀는 키운 대로

절대 크지 않는다. 본 대로 큰다.

•

자녀 양육은 다른 것이 필요 없다. 부부가 행복하면 된다. 싸우더라도 반드시 자녀가 보지 않는 곳에서 싸워라. 그럼 너희의 자녀는 알아서 건강하게 자랄 것이다.

남편에게 사랑 받지 못해

아들을 남편처럼 여기고 사는 여자.
아들을 가져간 며느리를 여자는 결코 그냥 두지 않는다.
무서운 건 아들은 엄마를 포기하지 못한다. 그 이유는 아빠로부터 엄마를 지켜야 하기에 며느리는 이제 쓸쓸히 죽어간다.

•

우리 부모 세대 중에는 이런 사람이 많다. 아내는 그냥 집에 있는 여자로 여기는... 이 여자는 살아야 한다. 아니 살아남기 위해 무언가를 해야 한다. 찾다보니 걸려든 것이 바로 자녀이다. 자녀를 사랑으로 잘 키워야겠다는 마음보다 자신이 살아야겠다는 마음이 더 우위에 있다. 그래서 엄마는 자녀를 희생 제물로 삼아 버린다. 누구의 잘못인가. 누구의 잘못도 아니다.

가정을 지키는 방법

1_양가 부모님과 자기 가정을 완전히 독립시켜라.

그것은 불효하는 게 아니다. 결혼 후에도 계속 부모의 개입을 방치하면 너의 가정은 서서히 파괴되어 갈 것이다. 효도는 생신날, 명절날 두 번 그리고 일주일에 전화 한 통이면 된다.

그 이상 더 하려고 하지 마라. 그럴수록 가정은 무너진다.

2_가정을 1순위로 두어라.

너희들은 이렇게 생각한다. '직장, 자기능력 개발 여기에 몰두하면 가정에서 문제가 나오고 가정을 중시하면 직장에서 인정을 못 받을 것이다'라고. 그러나 틀렸다. 퇴근하고 나머지 시간은 모두 가족과 보내라. 가정이 건강해지면 사회생활은 모두가 다 풀린다.

그런 사람은 안정감, 균형이 느껴지기에 사람들이 몰려든다. 가정이 건강하기에 더욱 일에 집중할 수 있다. 또한 불안감이 없어지기에 능력관리를 잘 하여 '살아남는다'라는 것에서 해방될 수 있다. 그러나 정말 능력관리, 일이 많다면 아주 일찍 집을 나서라.

3_주변에 비도적적이고 양아치 같은 인간을 만나지 마라.

유부남(녀)와 만나는 사람, 항상 불평불만 하는 사람, 이혼/바람을 피우는 사람 이런 모든 사람들을 즉시 정리해라. 이런 자들은 전염이 무척 강하다. 그리고 그들은 무의식적으로 너를 자기들이 하는 것에 동참시키려고 한다.

위 3가지만 지켜라. 너희의 가정은 축복을 받고 넌 반드시 부자가 된다.

부부는 싸운다

싸움의 이면에는 사랑받고 싶다는 아우성이 있다. 이 사실을 안다면 물어뜯고 싶은 마음도 가라 앉을 것이다. 알았냐!! 알고 보면 다 사랑이 고픈 불쌍한 사람들이야.

•

부부생활을 하면서 견뎌내고 조금은 참아내고 그리고 왜 상대가 그러는지 이해해 보려고 노력하고 이러면서 우리는 어른이 된다. 자기 눈에 맞는 사람은 아무도 없다. 견디면서 이해하는 것이다. 그러다 보면 배우자가 '사랑을 주지 않아서 그런 것이다'라는 것을 깨닫게 된다. 그것을 깨닫게 되면 우리는 말과 행동을 할 수 있다.

너무 바쁜 남자와 결혼을 하면 안 되는 이유

일에 모든 에너지를 쏟아 내면서 집에 가서 쉬고 싶은 생각으로 가득하다. 집에서 종일 어린아이만 키우는 아내는 대화를 할 수 있는 성인이 오기만을 간절히 기다린다. 남편이 퇴근하고 집에 와서 아내를 만났다. 서로의 요구는 완전히 다르다.

여기서 불행의 갈등과 싸움이 시작된다.

이별, 이혼하게 되는 한 가지 이유

초반에 서로의 불만을 숨기려 한다. 불만이 존재하지 않는 것처럼 살려고 한다. 그러다가 조금씩 애매한 암시를 준다. 상대는 그것을 무시하든지 알아차리지 못한다. 이것이 누적되어 결국 갈라선다. 해결책은 초반부터 싸워라. 잘 싸워라.

●

이 말을 듣고 이해하고 실천하는 자들은 큰 복이 있다.

4

인생

행복도 슬픔도 아무것도 기대하지 말고 그냥 숨만 쉬고 버텨라.
그러다 보면 시간이 사람이 우연이 운명이 너를 안내할 테니.

20, 30대 돈 많이 벌려고 난리 피우지 마라

돈은 40대부터 버는 것이다. 20, 30대 때는 3가지를 완성해라.

첫째_올바른 사상/가치관을 가져라.
둘째_믿음이 가고 실력이 있는 사람으로 보이게 만들어라.
셋째_알바든 직장생활이든 택시 운전이든 막노동이든 상관없이 많은 경험을 해라.
넷째_위 과정을 통해 자기를 발견해라. 신이 나에게 준 재능이 무엇인지.

이 4가지가 너에게 돈과 삶의 목표를 줄 것이다. 그러면 행복은 그냥 온다.

●

우리는 각자의 재능을 갖고 태어났다. 그러나 시대(부모/학교/문화)는 몇 가지 도착지로만 향하게 하고 있다. 우리는 우리를 찾지 못하고 살다 죽는다.

우리가 나를, 나의 재능을 찾기 위해서는 자기 마음속에 있는 상처의 그림자를 해결해야 한다. 재능은 그 그림자 안에 숨어 있기 때문이다. 상처가 많은 자들은 자신의 생각/말/행동에 영향을 받기 때문에 자기 재능을 끄집어 내지 못한다. 대인관계는 필수다. 자신이 강하다고 해서 소심하다고 해서 관계를 못하면 안 된다. 그건 자신의 성격으로서 자기 모습이다. 관계는 성격과 별개이다. 이 세상에서 내가 무언가로서 나타내려면 사람들에게 믿음이 가는 모습을 보여라. 최대한 많은 경험을 해라. 그 와중에 너의 재능을 찾아라. 명심해라. 썩은 사상과 믿음이 가지 않는 사람이 경험을 쌓아보았자 기회는, 사람은 너희에게 오지 않는다.

인생을 덜 피곤하게 사는 방법

꼭 연습하세요.
직장, 학교, 연애, 자기 인생, 가족 이것들을 분리해서 살기.
보통 우리는 하나에서 문제가 터지면 나머지 모든 게 문제가 된다. 그래서 인생이 항상 피곤하고 꼬이는 것처럼 보인다. 그러나 알고 보면 문제 터진 하나만 문제이고 나머지는 아무렇지 않다. 쉽게 살자.

•

부정적인 자아상을 지닌 사람은 어디에서 하나의 문제가 터지면 모든 영역에서 우울해지든지 자기 탓을 하든지 무엇을 탓한다. 의지적으로 의식적으로 분리하거나 내 말대로 해라. 나는 많은 사람을 살려낸 연애 대장이다.
안 된다. 못한다. 그 생각을 매일매일 가위로 손으로 찢어버리고 불로 태워버려라. 자아상이 너무 약하다면 종이에 자신의 연약한 것을 적어서 매일매일 찢고 태워라. 그렇게 한 달을 매일매일 해라.
해라. 그러면 된다. 진지하게 이런 의식에 참여해라.

중요한 것은

1. 만남 →
2. 설렘→
3. 잠시 행복 →
4. 상대의 실체 발견 →
5. 실망 →
6. 충돌 →
7. 싸움 →
8. 화해 →
9. 바뀌려는 결단 →
10. 화합 →
11. 사람 →
12. 결혼 →
13. 아이 탄생 →
14. 축복 →
15. 갈등 →
16. 싸움 →
17. 화해 →
18. 바뀌려는 결단 →

19. 화합 →

20. 영원한 사랑과 행복 →

9, 18번 자신이 '바뀌려는 결단'이
주어지지 않는다면 당신은 그 어떤 사람과 행복을 얻지 못할 것이다. 절대로....... 죽어도.......

•

오랜 시간 다르게 살아왔기에 남자와 여자는 대부분의 것들이 다르다. 이것을 받아들여라.
그렇지 않으면 결단코 너희는 위기의 순간에 화합의 유일한 도구인 '바뀌려는 결단'을 할 수 없다. 맹목적인 결단 그것도 한두 번이다. 서로의 차이를 받아들여라. 그러면 내가 바뀌어야겠다라는 의지가 생긴다. '바뀌려는 결단' 이것은 너희가 상대에게 줄 수 있는 사랑이자 네가 너를 다스릴 수 있는 가장 고귀한 행위이다. 네가 바뀌면 상대는 자연스럽게 바뀐다.

많이 힘들 때 이렇게 해보아라

컵이든, 지갑이든 무언가를 앞에 두어라. 그것을 본인이라고 여기고 넌 제3자가 되어서 그 자기의 감정을 생각을 대신 말해 주거라. 그릇된 생각과 행동에 대해서도 조심이 말해주어라.

"○○야 그래 또 그렇게 했구나. 네가 많이 슬퍼서 화가 나서 그랬지…. 그런데 이제 그렇게 하면 안 될 것 같기도 해. 우리 조금은 노력해보자…."

네가 제3자가 되어 자기에게 말을 하면 그 말을 너의 마음이 들을 것이고 그 말은 너에게 담길 것이다. 그렇게 하면 너는 위로와 공감을 얻어 마음에 여유와 힘을 얻을 것이다.
반복적으로 틈틈이 해보거라.

인생을 성공적으로 사는 방법

첫째_자기가 무엇을 하고 싶어 하는지 찾아낸다.
둘째_자기가 하고 싶어 하는 일을 통해 그 분야에 최고가 된다.
셋째_최고가 되지만 절대 자기 삶의 전부는 쓰지 않는다. 반드시 가족에게 시간의 30%를 쓴다.
넷째_최고가 된 그 능력으로 사람들을 도와준다. 이것을 깨닫고 실행하기를 기대한다. 여기에 집중하면 육체와 정신의 병이 생기지 않는다.

•

신의 존재, 이웃에 대한 사랑(도움)의 필요성, 가족의 이유 그리고 중요성. 이것 없이 자기재능을 발견하고 성공을 해도 결국 남는 건 공허함뿐이다. 신이 각자에게 재능을 준 이유는 그 능력으로 이웃을 도우라는 것이다. 신의 관점에서는 너 혼자 잘 먹고 사는 것에는 관심이 없다. 그것을 가족과 이웃에게 흘러 보내어라.

마음의 병을 해결하는 방법

지하실(마음 속)로 들어가 손전등을 계속 비추면 어두운 곳들의 실체를 알게 되고 그러면 더 이상 그것들은 두려움의 대상이 되지 않는다. 한 층 한 층 더 들어갈수록 두려움은 더 많이 생길 것이다. 그렇기에 조금씩 그러나 용기를 내어 내려가면서 사방에 그 전등을 비추어라.
왜 이것을 해야 하냐고 묻는다면 그 지하실이 당신의 모든 생각/말/행동을 하게 하는 근원이기 때문이다. 심하게 마음이 아프냐. 너에게 큰 짐이 있냐.
비추어라. 한 번에 되지 않는다. 자주 자주 들어가야 한다. 명심해라. 같은 자리를 비출 때마다 서서히 밝아지는 것을 느낀다. 포기하지 마라. 상처가 많은 사람은 큰 효과가 있다.

사랑한다. 너희를.

고난이 찾아왔다

현명한 사람은 그때가 바로 인생의 터닝 포인트라는 것을 본능적으로 안다. 고난은 기회이다.

패배자처럼 거기에 침몰당하지 마라.

불행하게 사는 이유

자신이 본래 태어날 때 가진 기질대로 살지 못하고 남들이 사는 방법으로 살기 때문이다. 보통 인간은 자기 기질을 찾아 볼 여유와 이유를 찾지 못하고 살다가 죽는다. 즉, 태어나서 자기 본래 모습으로 살아보지 못하고 죽는다.

다시 말해 가면의 모습으로 밥 먹고 싸고 자고 죽는다.

너를 찾아라. 발견해라.

그 진짜 너의 모습으로 살아라. 그래야 돈을 벌고 대인관계에 자신이 생기고 삶이 힘들어도 재미있다.

성격이 비슷하면 연애가 편하지만

인생과 인간에 대해 배우는 게 없고 성격이 다르면 연애가 힘들지만 인생과 인간에 대해 배우는 게 많다.
그래서 인생을 통달한 사람들 중에는 연애와 결혼 초에 죽도록 싸운 자들이 많다.

•

내가 싸울 자신이 없으면 비슷한 사람을 만나라. 그러나 싸울 자신이 있고 성장하고 싶다면 다른 사람을 만나라.

사는 게 너무 힘들면

행복도 슬픔도 아무것도 기대하지 말고 그냥 숨만 쉬고 버텨라. 그러다 보면 시간이 사람이 우연이 운명이 너를 안내할 테니. 그때까지 숨만 쉬고 있어라. 알았지. 넌 그것만 해도 잘하는 거야.

•

고통은 피하는 것이 아니라 견디는 것이다. 숨만 쉬면서 견뎌라.

이해가 안 되는 사람을 이해하고플 때

'살기 위해서 저런 발악을 하는구나.' 라고 생각하면 이해가 된다.

•

정상은 비정상의 생각, 말, 행동을 이해하려고 한다. 멈춰라. 그들을 이해하려고 노력할수록 더 괴로워질 것이다. 왜냐면 절대 이해하지 못할 것이기 때문이다. 예를 들겠다. 화가 나면 무조건 어떤 여자라도 만나서 관계를 가져야 하는 남자의 행동을 이해할 수 있을 것 같으냐. 비정상적 인간을 이해하려는 노력을 내려놓아라. 그러면 인생이 한결 수월하다.

새해인사

1년 동안 지랄하며 산다고 고생했다.
내년에도 너와 나는 역시나 고생할 것이다.
잘 살아라. 죽지 말고.

•
이런 게 어쩌면 진짜 하고 싶고 듣고 싶은 말이 아닐까?

인격이 썩으면 연애를 못 하고

연애를 못 하면 결혼에 실패하고 결혼에 실패하면 가정이 파괴되고 가정이 파괴되면 자식도 망하고 자식이 망하면 사회가 무너지고 사회가 무너지면 나라도 거지가 된다.
너와 내가 할 수 있는 최고의 방법은 인격을 높이는 것이다.
인격은 지(지식), 정(감정), 의(의지)다. 고전을 읽어 지식을 얻고 일기를 매일 써서 감정을 살려라. 그러면 의지는 그냥 생긴다. 학교가 부모가 알려주지 않아서 내가 알려준다.
시간 날 때 시시콜콜한 만화책, SNS만 종일 쳐다보는 그 문화 그 수준에서 벗어나라.
너희가 대한민국의 미래다.

하루에 두 번 하늘을 봐라

아침, 저녁 하루 10분씩 그렇게 해라. 절대 아무 생각을 해서는 안 된다 그때가 너의 마음이 쉴 수 있는 시간이다. 이 시간을 꼭 가져라. 3개월 해라. 그럼 너는 여유가 무엇인지 알게 될 것이다.

마음에 여유가 생기면 사람을 이해할 힘도 생긴다.

•

조금씩 그 시간을 늘려 보아라. 그 시간이 점점 길어질수록 너는 너를 돌아볼 시간을 드디어 가질 수 있다. 그것이 진정한 쉼이다.

과거에 잡혀서 살고 있는 사람들에게

조용히 의자에 앉아 눈을 감아라.

안구를 천천히 좌우로 움직여라. 그리고 떠오르는 것을 말로 해보거라.

과거에 잡혀 사는 사람은 그 기억의 파편만을 가지고 온갖 상상을 해서 현실을 건강하게 살아가지 못한다. 안구를 움직이면서 떠올리거라. 그러면 파편이 아닌 실체가 수면 위로 떠오른다.

그리고 그 기억은 아주 먼 일이라는 것을 알게 된단다.

이것을 기억이 완전히 먼 기억이 될 때까지 해라. 그러면 너희는 벗어날 수 있다.

사랑한다. 아프지 말거라.

•

안구를 움직이는 것이 불편한 사람들은 움직이지 말고 해라. 내가 늘 말했지. 고통은 견디는 것이라고. 이 작업을 하면 과거 상처가 떠오른다. 아플 것이다. 견디면서 계속 하거라.

힘들었겠다

참 수고했네.

어떻게 견딘 거야. 이 말이 듣고 싶었지.

•

한 번씩 애인, 배우자, 가족에게 해주어라. 그 위로가 네가 생각하는 것 이상의 힘을 발휘한다.

마음이 아픈 사람은

부분의 상처를 전체로 보기 때문이다. 부분을 부분으로 받아들이면 아픈 것이 서서히 사라진다. 최근에 이별한 상처는 현재 삶의 일부고 인생의 일부다.
그것을 받아들이는 순간 사라진다. 성숙한 사람은 한 단계 나아가 그 부분적 상처를 좋은 자산으로 여기고 미래의 나침반으로 사용한다.

●

말은 쉽다. 그러나 이렇게 계속 의지적으로 생각하도록 해라.

네가 돈이 많이 없는 이유는

아래 둘 중 하나이다.
첫째, 부모가 부자가 아니라서
둘째, 큰돈이 절실하게 필요하지 않아서
그 외 어떤 이유도 없다. 부자가 되고 싶냐. 간절해져라. 그래야 너의 나약한 생각이 움직인다. 알았냐.

●

가난한 사람들은 가난의 습관을 가지고 있다. 그들은 출근시간이 3시간 걸린다면 연봉이 높아도 다니지 못한다. 이유는 돈에 간절하지 않기 때문이다.

인생을 재미있게 살면서 돈을 많이 버는 방법

첫째_자기가 재미있어하는 것을 찾아라.

둘째_그것을 아주 잘하는 사람이 되어라.

셋째_뒤돌아보지 마라.

넷째_사람들에게 믿음을 주는 사람이 되어라.

흉내만 내는 것이 아닌 진짜로 이 4가지만 지켜라.

난 이렇게 살려고 노력 중이다. 그래서 놀면서도 돈을 많이 벌고 사람들이 나를 좋아한다.

•

믿음을 주는 사람이 된다는 것은 속과 겉이 비슷한 사람이 되라는 것이다. 자기 일에 자신이 있고 잘하게 되면 당당하게 되어 속과 겉이 서서히 같아진다.

그거 아니

들어줄 한 사람이 있다면 누구도 자살을 택하지 않는다.

•

우리는 사실 우리와 가까운 누군가를 좋아할 수는 있다. 그리고 그들의 말을 어느 정도는 들을 수 있다. 그러나 그것도 어느 정도까지이다. 우리의 모든 것을 들어줄 한 사람이 있다면 우리는 결코 극단적인 선택을 하지 않는다. 들어줄 그 한 사람이 있기에.

트라우마를 해결하려면

과거의 그 감정을 가져와서 견뎌야 한다. 견딘다는 것은 가만히 있는 게 아니라 그 '감정 기억'에서 네가 원하는 강한 이상적인 모습(헐크 등)으로 개입하여 마음속으로 그 상황을 떠올려서 상대를 제압하고 죽여 버려야 한다.
용기가 있다면 아무도 없는 곳에서 말과 행동으로 그렇게 연극처럼 해보아라. 이 과정을 반복하면 기억은 남아 있으나 너를 조정하지 못한다. 자유는 그렇게 얻는 것이다.

•

이런 작업을 하고 난 후 감정적으로 요동이 치든지 침울할 수 있다. 그것은 이상한 것이 아니라 마음속을 들어갔다가 나왔기에 그런 것이니 이럴 때는 혼자 조용히 있어라.

어린 시절 또는 예전에 좌절 경험이 뿌리가 되어

현재의 정신적 장애가 나타난다. 무의식을 자꾸 의식적으로 의식화하려고 노력해라. 그러면 그 어둠 속 동굴이 더 이상 두려움의 대상이 되지 않는다.

•

그때 감정의 기억을 가져와서 견디는 것이 의식화이다. 이것만이 해결책이다. 혼자 생각만하는 것도 효과가 있지만 그것을 의식화하기 위해서 일기, 춤, 그림, 연극 등이 큰 도움이 된다.

직장 상사는 대부분

개새끼가 많다. 그들도 몇몇 친구에게는 좋은 놈이다. 고로 상사는 개새끼이면서 좋은 놈이다.

사람은 그렇게 해야 이 세상을 살 수 있다. 왜냐고?

항상 개새끼면 그건 그냥 개고 항상 좋은 놈이면 친구에게 이용당하고 직장에서 승진을 못하고 백수가 되어야 하기에. 내 말이 말장난 같지? 그러나 팩트다.

•

직장은 돈 버는 곳이고 경력을 키우는 곳이다. 거기에서 회사를 바꿔보겠다. 뭘 해보겠다는 헛된 꿈을 버려라. 거기서 뭘 하겠다는 에너지가 있으면 애인과 가족에게 집중해라.

우리가 보호받을 수 있는 공간에서

즉 미친 듯이 통곡해도 되는 그런 장소에서 힘들 때 주기적으로 울 수만 있어도 우리는 그 고통에서 벗어 날 수 있다. 눈물과 통곡은 마음을 치유하는 가장 좋은 약이다.

•

고통이 심한 사람을 치유하는 작업을 할 때 먼저 나와 참여자들 앞에서 울게 한다. 모두가 그날은 위로해주고 위로 받기로 작심하고 왔기에 진심으로 우는 그 사람을 애처롭게 쳐다본다. 그리고 치유하는 장소는 주변에 아무도 없는 우리만 있는 그런 공간이다. 그렇기에 철저하게 통곡할 수 있다. 이렇게 1시간을 통곡하고 복수하고 싶은 사람을 저주하면서 울 때 우리는 해방감을 맛본다.

젊을 때(30세 전)

내 마음대로 살지 못하면 늙어서(30세 후) 작살난다. 내 마음대로 살아봐야 경험이 되고 영혼이 건강해진다. 누군가의 뜻대로 살면 남는 것이 전혀 없다. 억압과 분노만 남는다. 왜 연애를 결혼을 거지 같이 하는지 아니? 젊을 때 미친듯이 놀지 못해서 머리가 커서 지랄을 하는 것이다. 놀 수 있을 때 놀아라. 미친 듯이 놀아라.
그렇게 놀아 본 사람이 이별을 당해도 금방 잊는다. 만 명의 사람과 상담을 하고 내린 결론이다.

우리 마음속의 쓴 뿌리

그 깊은 상처에서 여러 형태의 가지가 생겨난다.
이성에게 마음을 주지 못하는 모습, 연애를 해도 항상 불안에 떠는 모습, 특정 단어 및 얼굴을 보면 숨이 막히는 현상 이 모든 것들이 그 가지이다. 가지는 잘라도 다시 자라난다. 쓴 뿌리를 뽑아 내지 않으면 결국 우리는 정상적인 연애, 결혼, 육아를 하지 못한다. 고치는 방법은

1_나의 쓴 뿌리와 가지가 무엇인지 정확히 인지해라.
2_항상 쓴 뿌리와 대면해라. 회피하지 말고 그것과 마음으로 싸워야 한다. 소리 내어 울고, 베개를 주먹으로 치고 물어뜯어라. 그렇게 계속 토해내어라.
3_매일 일기를 써라. 쓴 뿌리와 가지가 현재 어떻게 작동하는지 써라.

그렇게 하면 이제 쓴 뿌리의 영향에서 벗어날 수 있다.

용서를 구할 때는 3가지를 해라

첫째_스스로 자백해라. 자백은 자신의 잘못을 인정하는 행위다.
둘째_사과를 해라. 사과는 감정을 넣어 진정성 있게 해라.
셋째_겸허하게 상처 입힌 대상에게 판단을 받을 용기와 겸손의 마음을 가져라.

이것이 바로 용서를 구하는 태도이다.

•

반대로 용서를 하는 사람은 위대한 사람이다. 용서는 인간이 할 수 있는 최고의 영성이다. 용서는 상대가 아니라 궁극적으로는 나를 위한 것이다. 용서를 해야 우리는 족쇄에서 해방을 경험한다.

사람에게는 감정과 이성이 존재한다

분노의 감정이 이성을 삼키면 그때 우리는 동물이 된다.

나의 이성과 감정이 골고루 정상적으로 작동하는지 날마다 점검하거라. 부모로부터, 지난 애인으로부터, 자신의 결핍으로부터 생긴 상처가 큰 사람은 감정이 커져 모든 일에 격하게 반응하여 일을 그르친다. 또는 이성이 너무 커져 인간의 냄새가 나지 않는다.

사실 이렇게 커져버리는 이유는 우리가 이 험한 세상에서 다시는 상처를 받지 않으려고 네가 선택한 것이다. 우리 인간은 상처를 받지만 수시로 그것을 치료시켜야 한다. 치료는 어려운 게 아니다. 자신의 생각, 말, 행동을 돌아보면 된다. 그 자각이 네 인생의 나침반 역할을 하게 될 것이다.

상처를 치료하는 방법

방구석에서,
혼자 울고 있는,
혼자 밥을 먹고 있는,
공포에 두려움에 떨고 있는,
우리 마음속에는 아이가 있다.
그 이유는 모두가 다르다.
부모로부터.
배우자로부터.
전 애인으로부터.
그 누군가로부터.

밤에 잘 때 눈을 감고 조용히 그 아이가 있는 곳으로 가라. 조용히 문을 열고 너의 이름을 불러라. 그리고 가서 뒤에서 안아줘라. 같이 울어줘라. 그리고 말을 해줘라. "이제 내가 너를 지켜줄게"라고. 그 아이가 그 방에서 나올 때까지, 웃을 때까지 계속하거라.

그러다가 용기가 생기면 너를 그렇게 만든 사람을 아이가 보는 앞에서 복수를 해주어라. 아주 강력하게 그리고 잔인하게. 상처가 치료되지 않으면 결국 너와 주변 사람에게 잔인한 고통을 준다.

현재의 상처, 고통은 과거의 잔재가 아니라

미래에 나아갈 방향을 보여주는 네 마음의 신호이다.
이 신호를 무시해서 비참하게 사는 것이다. 배가 고프다는 밥을 먹으라는 신호, 피곤하다는 쉬라는 신호, 무식하다는 책을 읽으라는 신호, 늘 차인다는 매력을 가지라는 신호.

•

한 여자가 나에게 연락이 왔다.
"선생님 꿈뿐만 아니라 이제 현실에서도 변기 뚜껑을 열면 귀신의 얼굴이 보여요. 너무 무섭지만 그것을 보고 있으면 눈물이 하염없이 나옵니다."
그녀의 사연을 듣고 나는
"내가 하라는 대로 하면 고쳐진다. 변기 속의 그 존재는 바로 너의 친동생이다. 15년 동안 서로 쳐다보지 않고 같은 집에서 살고 있는 그 동생. 너는 내일 그 동생에게 가서 사과의 말을 해라." 라고 말했다. 그 사과를 하고 그 이후에 동생과 같이 외식도 하고 그렇게 몇 달이 흘렀다. 이제 그 귀신은 보이지 않았다.

우리는 꿈에서 또는 환상으로 괴상한 것을 경험할 수 있다. 초자연적인 현상이 아니라 마음에서 보내주는 신호이다. 꿈에서 신호를 무시할 때 보통 환상, 환청으로 그 신호는 강해져서 나타난다.

평범한 여자가 망가지는 프로세스

1_남자를 만났고 헤어졌다. 큰 상처를 받지 않았다면 OK. 그러나 받았다.
2_두 번째 남자에게 진실된 사랑을 받으면 첫 번째 남자와의 상처가 자연적으로 치유된다. 그러나 또 큰 상처를 받았다.
3_이렇게 몇 번 더 사랑이 아닌 큰 상처를 더 받았다.
4_여자는 여자라는 증거인 '상처' 받는 기능을 잘라버리고 즐거운 것만 하려고 모임, 쇼핑, 술, 클럽, 섹스, 등산 등에 빠진다.
5_거기서 유부남 또는 나쁜 놈이 재미있게 해주면 여자는 이제 상처기능이 없기에 그냥 즐긴다. 그리고 재미없으면 헤어진다.
6_위 5번을 계속 반복한다. 언제까지? 상처의 기능이 되살아날 때까지.

그러나 슬픈 건 자기 힘으로는 과거 상처를 다시 떠올리기가 너무 무서워서 혼자 힘으로는 치유하지 못한다. 그 상처의 기억을 치료 하고 혼자 살든지 진정한 사랑을 만나든지 둘 중에 하나를 해야 이 지옥의 삶이 끝난다. 그러나 상처치유가 없으면 사랑이 어렵다. 명심해라. 연애를 장난으로 하면 여자 인생 작살난다.

기억해라

연애를, 부부생활을 잘하려면
결국 자기 안의 상처를 해결하여 마음에 힘과 여유를 키우고,
상대와 갈등을 회피하지 않고 해결하려고 노력해야 한다.
그리하여 두 사람이 하나가 되어 가는 것이다.

사랑은 자극적인 쾌락이 아니라 자기희생이다.

연애대장

초판 1쇄 찍은날 2019년 5월 01일
초판 2쇄 펴낸날 2019년 7월 10일

글 손종관
펴낸이 박성신
펴낸곳 도서출판 쉼
등록번호 제406-2015-000091호
주소 경기도 파주시 문발로115, 세종벤처타운 304호
대표전화 031-955-8201
팩스 031-955-8203
전자우편 8200rd@naver.com

ISBN 979-11-87580-31-7 (03810)